하루, 하루가 좋아지는
500가지의 말

마쓰우라 야타로 글
와타나베 켄이치 그림

혜지원

나에게
타인에게
약간의 친절과
자그마한 정성스러운 마음과
매일매일 웃는 얼굴을 위해서
……
500개의 글 가운데
단 한 개라도
당신의 인생에
의미 있기를 바라며

머리말

하루하루라는 것은 무엇일까?
무심코 지나치는 일상은 무엇일까?
문득 이런 생각에 빠지는 내가 있습니다.
흡사 모르는 거리에서 미아가 된 듯 말이죠.
바쁘거나 피곤하면 더욱 그렇습니다.
여러분은 어떠신가요?

하루하루 살아가는 생활이란
큰 변화가 있는 것이 아니며
당연한 듯이 담담하게 차분히 지나가지만
마음을 어떻게 먹고 대처하느냐에 따라
활기차게, 투명하게, 빛나게도 찾아옵니다.
마치 주문을 외운 것처럼 말이죠.

중요한 마음가짐 중의 하나는
하루하루, 매일매일의 일상에서
경험하는 모든 것이 배움이라는 생각입니다.
모든 것이 배움이기 때문에 하루하루,
그리고 생활을 모두 감사하다고 생각하는 것이죠.

배움과 감사.
이 말이 모든 것들의 답이며,
오늘 일어난 여러 일들을
더 좋아지게 해줍니다.

배움과 감사 안에는
작은 말들이 많이 채워져 있습니다.
그런 작은 말을 여러분과 공유하고 싶어서
쓰기 시작했더니 500가지나 되었습니다.

이중 한 개든, 두 개든
여러분의 일상에
도움이 된다면 글쓴이는 정말 기쁠 겁니다.
이 책은 시작도 끝도 없습니다.
여러분이 펼친 페이지가
제가 여러분에게 쓴 편지입니다.
하루에 한 번, 제가 찾은 배움과 감사가
오늘의 여러분에게 힘이 되는 말이 되기를 바랍니다.

마쓰우라 야타로

1
일찍 자요

푹 자고 나면 내일을 위한 활력이 솟아나요.
푹 잘 수만 있다면 그것만으로도 인생의
달인이 됩니다.

2

일찍 일어나요

일찍 일어나면 여유가 생기고
느긋하게 하루를 시작할 수 있습니다.
허둥대지 말고, 서두르지 말고,
편안한 하루가 되기를 ……

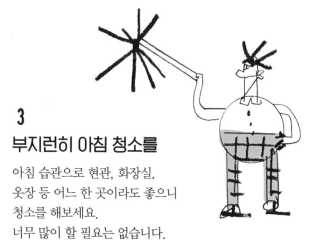

3

부지런히 아침 청소를

아침 습관으로 현관, 화장실,
옷장 등 어느 한 곳이라도 좋으니
청소를 해보세요.
너무 많이 할 필요는 없습니다.

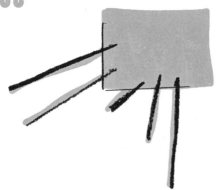

4
창문을 열어요

하루에 여러 번,
창문을 열어 환기를 시켜요.
상쾌한 기분을 느끼고
생활에 리듬이 생겨요.

5 기지개를 켜요

있는 힘껏 쭈욱 –

신발은 반짝반짝

6

아무리 바빠도 신발 손질에
게으르지 말 것.
깨끗하고 광이 나는 신발은
자신의 생활을 보여줍니다.

7

끙끙대지 않기

사소한 생활이나 일이라 하더라도
대부분이 고생과 고민의 연속입니다.
하지만 그렇기 때문에 인간은
성장하는 것이죠.

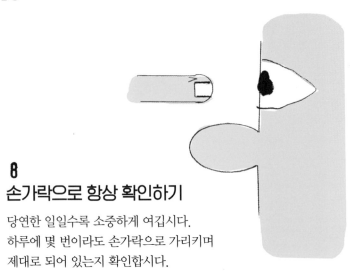

8
손가락으로 항상 확인하기

당연한 일일수록 소중하게 여깁시다.
하루에 몇 번이라도 손가락으로 가리키며
제대로 되어 있는지 확인합시다.

9 꼭꼭 씹어서 먹기

음식에 대한 감사함을
결코 잊어서는 안 됩니다.
꼭꼭 잘 씹어서 맛을 음미해보세요.
천천히 더욱 천천히

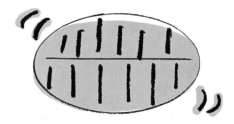

10 잘 웃어요

웃는 연습을 해보세요.
즐거운 상상을 하면서……

장소, 시간, 상대방, 상황에 따라
목소리의 톤을 조절하는 것도
배려입니다.

11
큰 목소리와
작은 목소리

12 바른 자세로 앉아요

의자 등에 기대어 앉지 말고,
똑바로 선 바른 자세로 앉을 것.
그런 올바른 앉는 자세를
마음속에 새겨보아요.

13
팔짱을 끼지 말 것

다른 사람과 대화할 때 팔짱을 끼고
듣는 자세는 실례되는 행동입니다.
뭔가를 숨기는 것처럼 보일 수도
있습니다.

14
다리를 꼬지 않을 것

다리를 꼬는 것은 상대방이 보기에
본인의 불쾌감을 전달하는 몸짓으로
보일 수 있기 때문에 주의합니다.

15 '미안합니다' 라고 사과해요.

자주 해도 부끄럽지 않습니다.

우선 스스로 생각해볼 것

알고 싶은 것이나 모르는 부분이
있다면, 검색부터 하지 말고
우선 스스로 생각해보아요.
매우 중요한 포인트입니다.

16

심호흡도 중요합니다

후 후읍

17

몸이 안 좋은 것은 수분이 부족해서
생기는 경우가 많습니다.
달콤한 음료는 피하고,
물을 많이 마시는 습관을 들이는 것이
좋습니다.

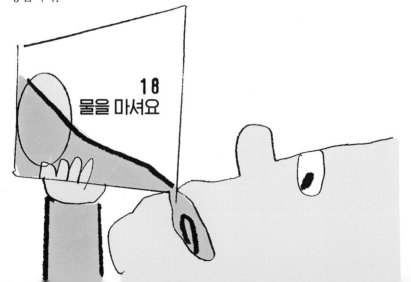

18
물을 마셔요

19
다음 사람을 생각해요

도구나 장소를 사용할 때,
반드시 다음 번에 사용하는 사람이
기분 좋게 사용할 수 있도록 배려합니다.
다음 사람을 위한 배려입니다.

20 상냥하게 인사해요

인사는 본인이 '이렇게 대접받으면
기쁠 것 같다'라는 생각이 들게끔
해야 합니다.
인사는 인간관계의 기본입니다.

21
메모를 합시다

메모는 기록이기도 하고,
메모를 쓰면서 기억으로 이어집니다.
메모를 하는 습관은 배움의 성공으로
이어집니다.

좋아하는 장소를 찾아보자

혼자 '멍때리는 장소'를 만들어보세요.

22

23　실패는 배움의 연장선

실패는 성공의 반대가 아닙니다.
오히려 귀중한 공부입니다.
실패하는 만큼 배우는 기회도
많아져 그것만으로도
성장하는 밑거름이 됩니다.

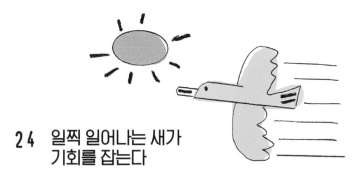

24 일찍 일어나는 새가
기회를 잡는다

몸도 마음도 상쾌한 아침은 눈에
보이지 않는 새로운 찬스들이 있습니다.
잘 활용해봅시다.

25
놀라는 것은 좋은 일

놀란다는 것은 본인이
솔직하다는 증거입니다.
그리고, 감동을 표현하는
다른 방법이기도 합니다.
언제든지 놀랄 수 있는
사람이 되어봅시다.

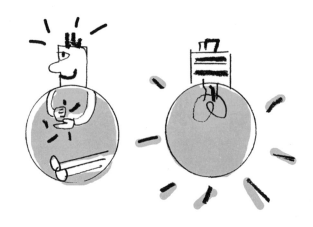

26   즉흥적인 생각은 소중하게

즉시 메모하는 습관은
더욱 좋은 아이디어를 만듭니다.

27

한없이 솔직하게

28 가끔은 그냥 내버려 둬 봅시다

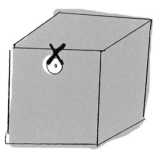

가끔은 시간이 저절로 해결해
주기도 합니다.
괜히 억지로 하지 않고
내버려두는 것도
하나의 방법입니다.

29
자세히 볼 것

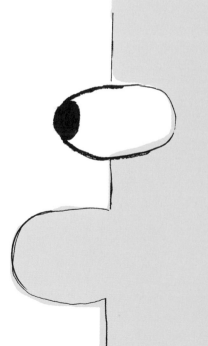

스윽 보는 것만으로는
보이지 않는 것들이
좀 더 자세히 바라보아야,
내면의 무언가가 보이는 것들이
있습니다.

30
침대는 항상 깨끗하게

침실이나 침대는 몸과 마음의 휴식을
취하는 장소입니다.
그렇기 때문에 더욱더 언제나 청결하고
마음 편히 있을 수 있도록 하는 것이
중요합니다.

31
요리를 합시다

요리는 사람이 할 수 있는
가장 창조적인 행위 중 하나입니다.
그리고 자신이나 다른 사람에 대한
애정표현이기도 합니다.
보답의 한 가지 방법입니다.

32

항상 관찰해봅시다

좀 더 좋은 방법이나 생각이
있을지도 모르지만, 항상
관찰하는 습관은 새로운 성공의
기회나 발견, 위대한 발명을
할지도 모릅니다.

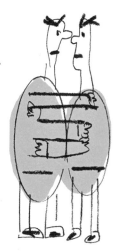

아이디어를 연결해봅시다

33

팥과 빵을 합치면 팥빵이 되듯이,
하나의 아이디어를
다른 아이디어와 합쳐봅시다.

정보보다는 감동을

34

정보는 듣고 나면 잊어버릴 수 있지만,
감동은 영원히 잊지 못합니다.
감동을 표현할 수 있는 사람이 됩시다.

35

혼자서 여행을 떠나보아요

스스로가 어떤 것에 강하고,
어떤 것에 약하고, 어떤 것은 할 수 있고,
어떤 것을 할 수 없는지 알고 있나요?
스스로를 더 자세히 알아보기 위해서
혼자서 여행을 떠나는 것도 중요합니다.

이 세상에서 일어나는 모든 일은
본인과 관계없는 일은 없습니다.
본인에게 일어나는 일인만큼
관심을 가지고 봐야 합니다.

3 6

관계없는 일은 없습니다

3 7
이것저것 말하지 않을 것.

입이 가벼운 사람은 신용할 수
없습니다.
여러가지를 알고 있다고 해도,
경우에 따라서 가만히 있는 태도도
현명한 방법입니다.

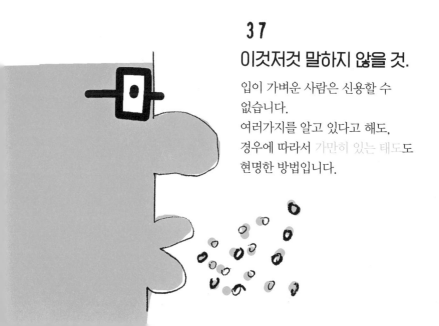

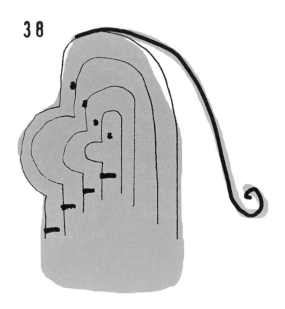

몇 번이라도 다시 해봅시다

실패하더라도 몇 번이라도 다시 해
봅니다. 다시 해본다는 것만큼 용기
있는 일도 없습니다.

39
어떤 것이
대단한 것인가요?

40 걷고 또 걸읍시다

걷는 것만으로도 많은 것을 얻을 수 있습니다. 건강을 위해서라도 많이 걷도록 합시다.

그것이 맞는 답변이더라도,
반대로 생각하다보면 새로운 많은
것들을 발견할 수 있기도 합니다.

41

반대로 생각해보아요

4 2
리스트를 만들어봅시다

바쁜 날일수록 머릿속을
정리하기 위해서 반드시
해야 하는 일들,
필요한 일들, 생각 등의
리스트를 만들어보면
시간이 지나 새롭게 발전
된 '나'를 발견합니다.

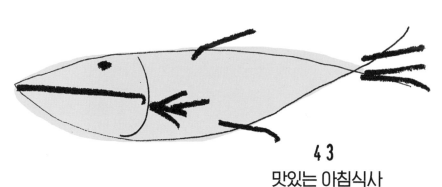

4 3
맛있는 아침식사

44
예쁜 말 사용하기

예쁜 말을 사용하는 습관은
사람의 성격을 보여주고,
상대방에 대한 존경을
보여주는 일입니다.
예쁜 말 사용을 생활화합시다.

45
만나러 갑시다

미안하다고 말해야 할 때나,
중요한 것을 전하고 싶을 때는
전화나 메일로 하지 않고,
바로 만나러 직접 찾아가보세요.
시간이 지난 뒤 새로운 관계가
될 수도 있습니다.

느긋하게 쉽시다

46

47 도와줍시다

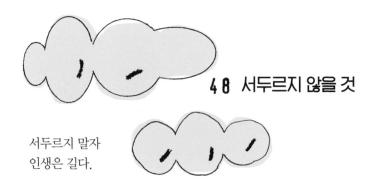

48 서두르지 않을 것

서두르지 말자
인생은 길다.

언제든지 상대방을 칭찬할 기회를
찾아봅시다.
그 사람의 좋은 점을 많이 발견해서
말로써 알려줍시다.

49

칭찬합시다

50 마음을 전달합시다

생활이나 일에 머리만 쓰는 것이
아니라 마음을 듬뿍 담아 해보기로
생각을 바꾸어봅시다. 이것만으로도
인생이 바뀌게 될 것입니다.

건강하다는 것은 본래의 마음으로
되돌아간다는 것입니다.
그렇기 때문에 자신의 마음에
언제라도 되돌아간다는 것입니다.

51
건강하다는 것은
원래 상태로
되돌아간다는 것

52
천천히 말합시다

대화의 중요한 방법은
자신보다도 상대방의 기분을
생각해서 허둥대지 않고,
상냥하게 천천히 말하기입니다.

53

삼각형이 좋습니다

뭐든지 O 또는 X 로
딱 나누지 않습니다.
그 중간인 삼각형도
있습니다.

내가 용서를 받습니다.

5 4
용서하는 마음도 중요합니다

5 5
헤아리는 마음을
소중하게

지금, 상대방이
어떤 기분인지,
무엇을 바라고
있는지 헤아리는
마음은 언제라도
소중합니다.

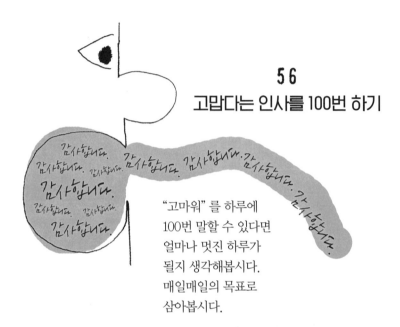

5 6
고맙다는 인사를 100번 하기

감사합니다. 감사합니다. 감사합니다. 감사합니다. 감사합니다. 감사합니다. 감사합니다. 감사합니다. 감사합니다. 감사합니다. 감사합니다.

"고마워"를 하루에
100번 말할 수 있다면
얼마나 멋진 하루가
될지 생각해봅시다.
매일매일의 목표로
삼아봅시다.

5 7 매일은 모든 일이 시작하는 날

생활에 있어서도,
일에 있어서도,
오늘 처음 시작하는 것처럼
매일을 새롭고 겸허한 하루가
되도록 합시다.

자신이 사회나 사람을 대할 때,
무엇을 얻을 수 있을지를 생각합니다.
하나라도 좋은 점을 얻을 수 있도록
합시다.

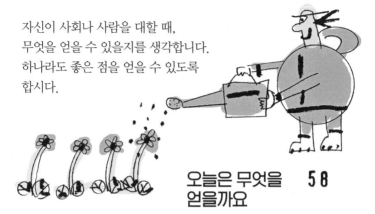

**오늘은 무엇을
얻을까요** **58**

59
선물해보아요

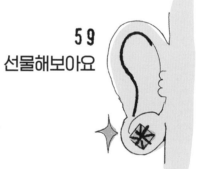

오늘 만나는 사람에게
선물을 해봅시다.
사소한 말이라도 좋고,
당신의 웃는 얼굴만이어도
좋습니다.

60
자주 만져보아요

소중한 것일수록 하루에 한 번,
손으로 자주 만져보아요.
매우 소중하다는 감정을
진심으로 전달해보아요.

61 편지를 써보아요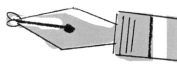

가까운 사람에게,
아니면 자신에게……

62
겁쟁이여도 좋아요

너무 걱정이 많거나, 겁쟁이인
것은 상상력이 풍부하다는
증거입니다. 그런 당신은 매우
멋진 사람입니다.

63
청결은
단정한 몸가짐

단정한 몸가짐의 기본은
가능한 한 청결하게 하는
것입니다. 세련된 것보다도
청결한 자기관리를 철저히
하도록 합시다.

64 눈을 감아요

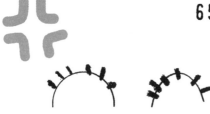

65 화내지 않을 것

화내는 것은 좋은 점이 하나도
없는 것입니다. 무슨 일이
있어도 평온한 마음으로 화내지
않으면 평정심으로 돌아옵니다.

맛은 싱겁게

식사는 재료 본연의 맛을 살려서,
감사한 마음으로 먹습니다.
어떤 음식이라도 맛은 조금 싱겁게
먹는 것이 좋습니다.

66

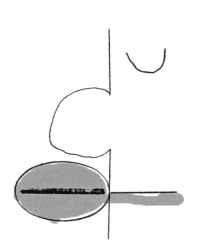

67
현재 자리에 없는
사람은 말하지 말 것

아무리 재미있어도, 좋은 일이
아니라면 그 장소에 없는 사람의
일은 화제에 올리지 않을 것.
그것은 최소한의 매너입니다.

68

훌륭함보다는 용감하게

훌륭함보다는 행동력이 있는
용감한 사람이 되고 싶습니다.
어떤 일을 나서서 할 때는
용감함으로부터 나오는 것입니다.

본인이 즐겁지 않은 일을
가능하면 하지 않도록 주의합니
다. 그것은 일이 아니라 사람 간
의 관계여도 마찬가지입니다.

즐겁지 않은 일은 하지 말 것.

6 9

그림으로 그려보아요

아이디어나 문제는 그림으로 그려보면 보다 정리가 되어 알기 쉽게 되고, 새로운 발견도 하게 됩니다.

70

71 장소를 바꿔보아요

생각이 떠오르지 않을 때는 장소를 바꾸어서 생각해봅시다. 환경은 의외로 아이디어에 영향을 줍니다.

성공의 반대는 실패가 아니라 아무것도 하지 않는 것입니다. 그러니까 실패를 신경 쓸 필요는 없습니다.

72 **실패는 도전의 증거**

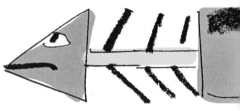

73
베스트 10개를 생각해보아요

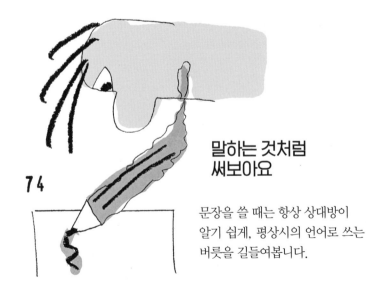

말하는 것처럼
써보아요

74

문장을 쓸 때는 항상 상대방이
알기 쉽게, 평상시의 언어로 쓰는
버릇을 길들여봅니다.

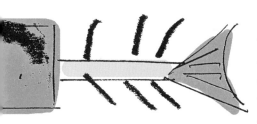

75
처음과 중간과 끝을

문장을 쓰는 요령은 처음과
중간, 끝을 명확하게 해야
합니다. 각각을 독립해서 글을
쓴 뒤 하나로 합칩니다.

76
슬퍼도 좋아요

아름다운 것에는 반드시 작은
슬픔이 존재하는 법입니다.
슬픔은 인간이 잃어서는 안되는
소중한 무엇입니다.

잘하려고 하지 않고,
정중한 것이 좋습니다.
정중하다는 것은 마음을
담아서, 애정을 표현하는
방법입니다.

77 모든 것은 정중하게

78
자유로워집시다

좀 더 열심히 해서 자유로워져
보아요. 자유는 훌륭한
판단력과 마음가짐을 가지고
자립심에서부터 나오는
자존감의 표현입니다.

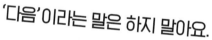

'다음'이라는 말은 하지 말아요.

79

'나중에 이걸 해야지'라고 미루지
말고, 하나하나씩 소중하게
여기고, 배움과 경험을 제대로
느끼도록 합니다.

80 준비는 정성으로

ZZZ

81 상냥함으로 도망가지 말아요

가끔은 상냥함이 간단하면서 편한
해결 방법이 되어 버리기도 합니다.
엄격해지는 것도 놓치지 말아요.

돈과 사이좋게 지내요

돈과 사랑에 빠지는 방법을
찾읍시다. 돈에게 미움받지
않도록 친구가 될 수 있도록
합시다

82

83

시간에게
미움받지 않도록

시간은 돈보다도 더 소중합니다.
시간은 저축하지도,
멈추지도 못합니다.
시간으로부터 칭찬받을 수 있는
시간 사용방법을 생각해보아요.

84

부끄러워하지 말아요

어떠한 경우라도 부끄럽지 않도록
인간관계에 있어서도, 일에
있어서도 이것을 명심합니다.

무엇이든 간에, '초라하지 않고 적당히 적당히' 라는 생각은 버립니다. 항상 행동을 바르게 품위를 지킬 수 있도록 합니다.

8 5

행동을 바르게, 품위를 지키며

8 6

미움받지 않도록

못하는 것을 기회로 삼아서, 사람이든 사물이든 어떠한 것이든지 결코 미움받지 않도록 하면 인생은 더 좋아질 것입니다.

87
불평은 뒤로

불평은 말을 한번
꺼내면 끝이 없습니다.
불평을 말하기 전에
그 문제를 어떻게
대처할 것인지를 먼저
생각해야 합니다.

88

선수를 치다

무엇을 하던 간에, 항상
상상력을 발휘해서
우선적으로 해결해야
할 일의 준비를 게을리
하지 않아야 합니다.

89 궁지에 몰아넣지 마세요

90 귀찮은 것은 재밌어요.

귀찮은 일과 마주하게 될 경우,
이 일은 재미있는 것이라고
마음에 새기고 또 새기고
몰두하는 것이 좋습니다.

91

기본을 반복합니다

여기서 말하는 기본은 어떠한 일을
항상 생각해서, 다시 되돌아가
반복하는 것으로 생겨나는 일의
가치를 중요하게 여기는 것을
말합니다.

좋은 파트너를 찾아봅시다

92

혼자가 편하고
자유로울지도 모르지만,
혼자서는 아무것도 할 수
없다는 것도 알아야만
합니다. 반드시 좋은
파트너를 찾아봅시다.

93 사랑받는 것보다 사랑합시다

사랑해주니까 사랑하는 것이 아니라 스스로 먼저 사랑하는 마음을 갖도록 합니다.

처음과 미래 94

아이디어를 생각할 때, 그 아이디어의 처음은 무엇인가 이 아이디어의 미래는 무엇인가를 항상 구체적으로 생각하는 것이 중요합니다.

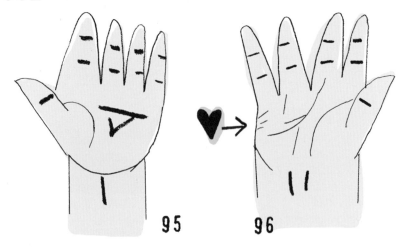

95

손을 자주 마사지해줍니다.

언제나 일하는 손에 감사하고, 손을
항상 마사지해줍니다. 항상 도움을
주는 손을 위로해줍니다.

96

기쁜 일을 생각하면서
잠이 듭니다

오늘 일도 좋고
어제 일도 좋고
즐거운 추억은 더더욱 좋고

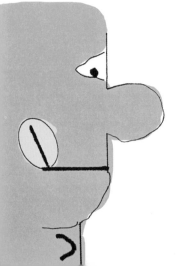

97

마무리가 좋은 것을

요리도, 일도, 어떤 일이라도
마무리가 좋게 되도록…….
마무리가 좋다는 것만으로도 가치가
높아집니다.

세상은 결코 평등하지 않습니다.
그렇다고 무조건 차별만 있는 것은
아닙니다. 그 점을 인정하고 불평등을
극복해 앞으로 향해가는 마음 가짐이
중요합니다.

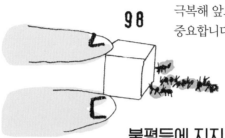

98

불평등에 지지 않습니다

99

존경을 표합니다

손아랫사람이건, 입장
차이가 있건, 항상
상대방에게 존경심을
표현해야 합니다. 존경이
없는 관계는 없습니다.

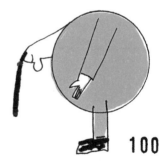

100

겸손함을 잊지 않습니다

겸손함과 솔직함은
상대방의 신념을 지켜주는
것입니다. 나이를 먹어감에
따라 겸손함과 솔직함을
성장시켜 나가야 합니다.

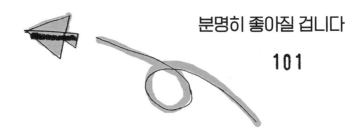

분명히 좋아질 겁니다
101

하루의 강약을 조절하는 것이
매우 필요합니다. 때로는 머리와
마음의 나사를 느슨하게 하고,
일부러 멍하게 있어보는 것도
좋습니다.

멍하게 있어도 괜찮습니다.
102

힘든 일이나, 괴로운 일은
혼자서 안을 수 없다는 것에
유의합니다. 어차피 다 같이
살아가는 인생입니다.

혼자서는
껴안지 못합니다.
103

104 새로운 기분을 가집니다

새로운 기분이라는 것은 아기의
기분일 것입니다. 아무것도
모르는 순수한 마음은 많은
감동과 놀람을 줄 것입니다.

105
예의 바르게

106
아는 척은 하지 맙시다

아는 척은 손해를 부릅니다.
모르는 것은 부끄러운 것이
결코 아닙니다.
모르는 것이야말로 배울 수
있다는 증거입니다.

무엇이든 간에 한 개라도 더,
기대 이상의 경품이나 덤을
준비합시다. 공짜 선물을
싫어하는 사람은 없으니까요.

107
덤을 붙입시다

길게 사용할 수 있는 것을
108

어떤 것을 손에 넣을 때는
그것을 오랫동안 쓸 수 있는
것인지를 생각합니다.
곁에 없으면 곤란한 친구 같은
사람이 자신이 아닌가도 스스로
생각해봅니다.

머리는 낮게 합니다
109

누구보다도 머리를 낮게, 전부
배우겠다는 감사함을 가지고
사람이나 사물을 대하도록 합니다.

110
포기하지 말아요

괴로울 때나, 속상할 때,
힘들 때야말로 웃는 얼굴로!
웃는 얼굴은 마음을 편하게
해서 많은 일을 해결해줄
것입니다.

111
웃는 얼굴로 기쁘게

112
답안이나 방법은
여러 개 있답니다

단순한 답만이 아니라 다양한
답안이나 방법이 항상 있다는
것을 알아둡시다. 정답에만
사로잡혀 고민하지 맙시다.

이해하기에 앞서, 자각이 있습니다.
자각이라는 것은 마음으로
납득하는 것이 중요합니다.
이해하는 것에 안주하지 말고,
자각을 목표로 삼아봅시다.

이해보다는 자각을

113

114
적은 은인

적은 언제라도 스스로에 대해
올바른 사실을 말해주는 사람입니다. 거꾸로
생각하면 적은 배움을 주는 중요한 은인입니다.

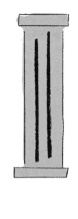
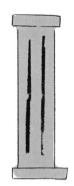

예쁘게 서 있어요　　115

몇 번이라도 휴식을 취합니다

116

사람의 집중력은 그렇게 오래
지속되지 않기 때문에 확실하게
휴식을 취해야 합니다.
일의 강약 조절을 적당히 하는
것이 좋습니다.

혼자가 되어보아요
117

매일 짧은 시간이라도 혼자가
되어보는 시간을 만듭니다.
혼자서 생각하고, 혼자서 고민하고,
혼자서 쉬는 시간이 필요합니다.

118

잘 관찰합니다

아이디어나 생각의 발상은 관찰에
기반을 두고 있습니다.
아이디어가 떠오르지 않을 때는
정보가 부족하기 때문인지 아닌지
다시 한번 관찰해봅시다.

미워하지도 말고,
원망하지도 말아요

119

120
항상 냉정하게 있어요

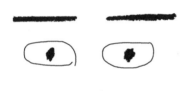

감정적이지 않도록, 항상 냉정한
마음으로 있을 것을 마음 속에
새깁니다. 냉정하게 있으면 올바른
판단을 할 수 있게 됩니다.

121

리듬을 생각해요

1, 2, 3을 하고 1로
되돌아가서 다시 1, 2, 3 으로
리듬을 느끼면서 걷습니다.
본인의 리듬을 찾아봅시다.

122
모르는 것을 알아보아요

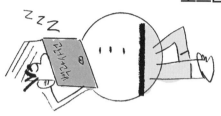

스스로가 모르는 것은
어떻게든 찾아봅시다.
모르는 부분을 알아가는 일에는
새로운 재미가 숨겨져 있기
때문입니다.

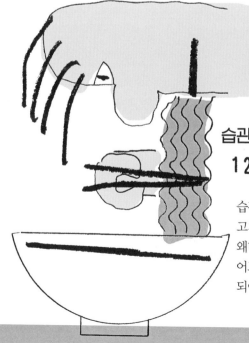

습관을 검사합니다
123

습관을 정기적으로
고치는 노력을 합니다.
왜냐하면 습관은
어느샌가 당연한 것으로
되어 버리기 때문입니다.

고개를 숙이고 아래만 바라보고 있지 말고,
하루에 몇 번이라도 좋으니 드넓게 펼쳐진
하늘을 올려다봅니다. 그러면 저 멀리
구름이 되어 둥실둥실 떠 가는 자신을
발견하게 될 것입니다.

124

하늘을 올려다보아요

도망치는 것도
중요합니다 125

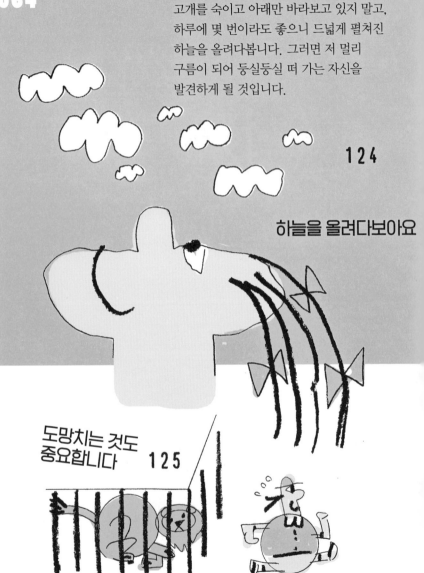

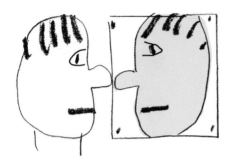

126
'만약'을 생각해요

만약 이렇다면, 만약
저렇다면, 만약 나였다면
등 여러가지 상황이나
입장이 되어 물어봅니다.

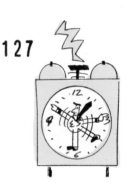

127

힘은 쓰는 것보다
움직이는 것이에요

힘을 한 마리의 동물로 생각해봅시다.
힘을 움직이는데 어떻게 하면 좋을지
생각해봅시다.

시간은 움직이지 않아요
128

활동적으로 움직이는 것도
중요하지만, 시간에는 가만히
기다리고, 움직이지 않게 하는
선택지가 없습니다.

'감사합니다'로 시작해요

'감사합니다'로 끝내요

129

130

어떤 일이 있더라도,
'감사합니다' 하고 감사의 마음을
듬뿍 담아 시작해봅니다.

어떤 일이 있더라도,
'감사합니다' 하고 감사의 마음을
듬뿍 담아 끝내봅니다.

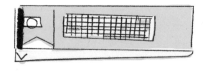

131

사용하고 난 뒤에는
깨끗하게 돌려줍니다

당연한 것 같지만, 잘 되지 않는
일이기도 합니다. 원래 있었던 것보다
깨끗하게 돌려 놓습니다.

132

과일은 보기만 해도 즐거워요

133

이기고 지는 것에
전전긍긍해 하지 말아요

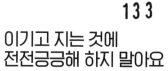

이기고 지는 것에 연연해하지 않고,
얼마나 자신이 즐거웠는지,
얼마나 최선을 다했는지를 배운다는
것이 중요합니다.

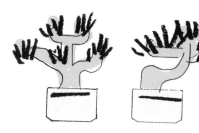

134

무엇이 먹고 싶나요

지금 당신은 무엇이 먹고 싶나요?
단 것? 정크 푸드?
그러한 질문이 당신의 컨디션을
알려주는 것입니다.

편안히 지내보아요

느긋함이 필요합니다.
편안히 있어봅시다.
느긋함을 즐기는 달인이 되어봅시다.
적당히 느긋하게 쉬었으면,
자, 다시 일어나 보아요.

135

136

식물에게 말을 걸어보아요

식물에도 생명과 의식이 있다고
합니다. 매일, 식물에게 말을
걸어봅시다.
식물은 아름다움으로 대답해줄
것입니다.

137

뿌리를 보아요.

어떤 것이라도 눈에 보이는
아름다움뿐만 아니라, 눈에 보이지 않는
곳에 있는 뿌리를 잘 관찰해봅시다.

138

곤란할 때
다른 사람에게 부탁해요

139

깊게 파봅니다.

자신이 흥미를 가지고 있는 것에는
적극적으로 깊게 파고들어 봅시다.
더욱 깊게 파고들수록 그 안에는
보물이 있을 것입니다.

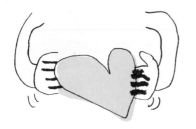

140
마음은 부드럽게

141
간단함을 음미해보아요

간단하기 때문에, 못 보고 지나치는
소중한 것들이 있습니다.
간단한 것이야말로 맛을 음미하는
기분으로 몰두해봅니다.

142
머리 숙여 하는 인사는 그
사람의 기분을 반영합니다.
조용하면서 예의 바르게
머리 숙여 인사를 할 수
있도록 합니다.

예의 바르게 머리 숙여 인사를

143 평범해서 좋아요

특별함을 요구할 필요는 없습니다.
평범한 것이 가장 행복한 법입니다.
평범하게 검소한 인생을 걸어갑시다.

아래를 보지 않아요

144

보이지 않는 곳도 청결하게

눈에 보이는 곳들을 깨끗하게 하는
일은 누구라도 할 수 있습니다.
눈에 보이지 않는 곳일수록 청결하게
하는 생활을 합니다.

자신의 프로젝트를

본인만이 할 수 있는
재밌는 프로젝트를
생각해봅시다.
어떤 일이어도 좋습니다.
언제부터 언제까지
어떠한 형태로든지
상관없습니다.

145

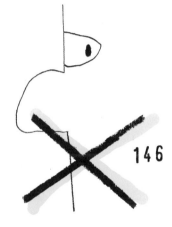

146

147

'귀찮다' 라고
말하지 않기

귀찮은 일이야말로,
그 안에 재미가
숨어있습니다.
그러니까 귀찮다고
말하지 말아요.

148
꽃을 장식해요

자신을 위해서……

149
꿈을 이야기해요

본인의 꿈은 무엇인지 생각하고,
꿈의 목표를 상상합니다.
그 목표를 위해서 지금 어떤 일을
해야 할까요. 항상 꿈을 말해보아요.

150
젓가락 사용법을
올바르게

식사할 때, 젓가락 사용법을
올바르게 해봅시다.
올바르게 집고, 조용하게 움직입니다.
그리고 요리에 감사한 마음을 담아 사용합니다.

151 손에게 감사합니다

자신의 손을 소중한 도구로서
귀중하게 다룹니다.
이 손으로 할 수 있는 훌륭한 일들은
무제한으로 나오기 때문입니다.

152

보물을 만져보아요

당신의 보물은 무엇인가요?
그 보물을 장식으로만
쓰고 있는 것이 아니라,
확실히 만져보고 있나요?

153
혼자 있는 시간일수록

누구도 보지 않는 혼자만의
시간일수록, 차분하게 조용히
제대로 보내는 것입니다.

154
조용한 장소를
찾아보아요

시끄럽고 복잡한 장소에 있진 않나요?
시끄럽지 않고, 차분하면서 우아한 장소에서
마음을 가꾸어봅시다.

마음에도, 생활에도, 일에도,
여유라는 공간을 가져야 합니다.
자신만의 공간이 있어야만 마음껏
즐길 수 있기 때문입니다.

공간을 가집니다

155

잊어버려요

156

싫은 일이나, 괴로운 일들은
잊어버립시다. 그리고 새롭고
즐거운 일, 신나는 일을
생각해봅시다.

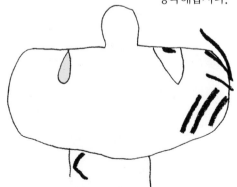

157

매일매일 우리는 선택해야 하는 일들
투성이입니다.
그렇기에 그것이 정말로 필요한 것인지
잘 생각해봅시다.

귀중한 것을 골라요

158

약속은 사람과 사람의 신뢰를
만들어내는 것입니다. 약속은 하는
것 뿐만이 아니라, 자기 자신부터
약속을 지켜나갈 수 있도록 합니다.

약속은 스스로부터

무엇이든 '부족하다' 라고
생각하는 버릇은 성가신
것입니다. 만족할 줄 알아야
합니다. 좀 더 감사함을
알아야만 합니다.

159
부족하다 라는
버릇을 고칩니다

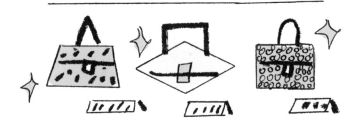

160 늘리면 줄이기

뭔가 새로운 것의 양을 늘리면 반드시 뭔가
하나를 줄여야 하는 법입니다. 어떤 일이라도
균형을 맞춰 치우침이 없게 합니다.

161

친구나 가족 혹은 존경하는
사람처럼 한 그루의 나무를
찾아봅시다. 가끔은 대화도 할 수
있는 그런 나무로 찾아봅시다.

마음에 드는 나무를
찾아봅시다

풀이 죽어있다면 잘하는 것을

풀죽어있다면, 자신이 잘하는 것을
해보면 자신감을 회복할 수 있을
것입니다.

162

고민해보아요

항상 고민을 해봅니다. '이렇게 해보자',
'저렇게 해보자' 처럼 항상 고민을 해봅시다.
너무 많이 하면 지칩니다.
그러니 적당하게……

163

**항상 역사를
의식합니다.** 164

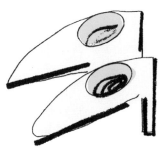

165 정돈합시다

실행합니다　　166

아무리 좋은 아이디어가 떠올라도,
두 손 놓고 있으면 의미가 없습니다.
어쨌든 실행에 옮겨봅니다.

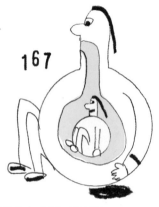

167

고독을 느껴보아요

고독할 수 있다는 것은 인간의 조건입니다.
내가 고독하고 남도 고독하다는 사실을 알 때
상대방에게 더 상냥하고 동정심을 가질 수
있는 것입니다.

지나치게
욕심부리지 말아요

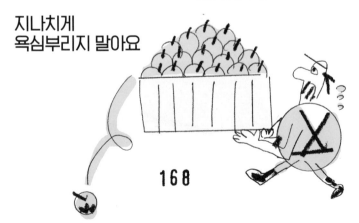

168

'일단'이라는 말이 버릇이 되지
않도록 주의합니다. 일단
'이것부터' 라는 생각으로는 일이
진척되지 않기 때문입니다.

'일단' 이라고
말하지 않아요

169

170

잡음은 없앱니다

부정적인 생각이나 마음은 최대한
없애버립시다. 좀 더 건강하고,
자신감을 가지는 것이 좋습니다.

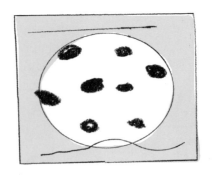

기쁜 일을 사람에게도   171

기뻤던 일이나, 즐거웠던 일은
사람에게 알려주어야 하는 법입니다.
기쁜 일, 즐거운 일을 같이 공유합시다.

남의 탓으로 하지 말아요   172

무슨 일이 발생했을 때, 원인은 본인에게
있을 수도 있습니다 상대방 탓으로 해버리면
배워야 할 점을 배울 수도 없고, 본인의 성장도
멈춰버리게 됩니다.

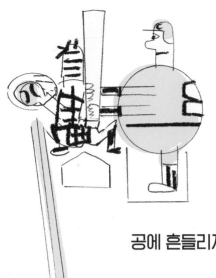

야구에서 배트를 마구
휘두르지 않는 것처럼,
본인이 유리한 지점이
올 때에만 휘둘러서
바로 스트라이크 볼만을
맞추는 것입니다.

공에 흔들리지 않아요　173

174
깨끗이 사과합니다

사람을 두고 혼자 가지 말아요

175

176

기다리게 하지 않아요

친구와의 약속도, 일 미팅도
상대방을 기다리게 해서는 안됩니다.
조금 빨리 움직입니다.
조금 빨리 끝낼 수 있도록 합니다.

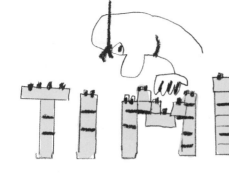

시간은 만들어 가는 것
177

"시간이 없어" 라고 자주
말하지 맙시다. 시간은
주어진 것이 아니고 자신
스스로 만들어 나가는
것입니다.

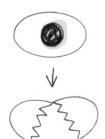

178
본질을 파악합니다

어째서, 무엇 때문에,
왜? 인지 호기심을 가지고,
사물을 관찰해봅니다.

179
불만을 말하지 않아요

불평불만을 말하지 않습니다.
그것보다도 문제를 해결하기
위해서 잘 생각하고, 잘
이해하고, 행동합니다.

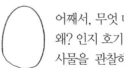

모르는척 하지 말아요

일어나고 있는 일에 대해 무관심한
것은 무엇보다도 가장 좋지 않습니다.
깊은 관심을 가질 수 있도록 합니다.

180

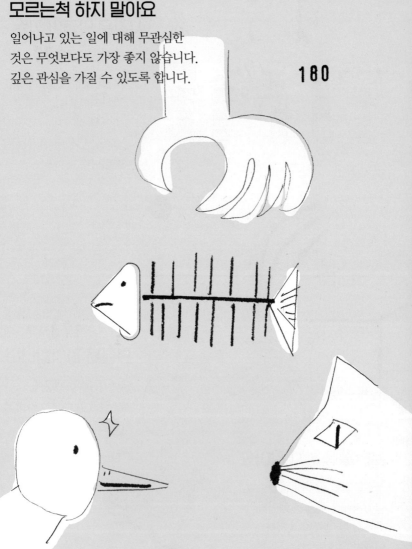

항상 배웁니다

가르침을 받습니다.
모르는 부분이 있다면 그 분야에
대해 잘 알고 있는 사람에게
솔직하게 모른다고 하고 새로운
것을 배우도록 합니다.

181

상대와 친해질수록,
그 사람을 구속하고 싶어집니다.
연애든, 인간 관계든, 구속은
하지 않도록 합니다.

구속하지 않습니다

182

뭔가를 부탁할 때는
그 사람이 거절할 수
있도록 배려해줍니다.
거절하기 어려운
부탁은 하지 않습니다.

거절도 능숙하게

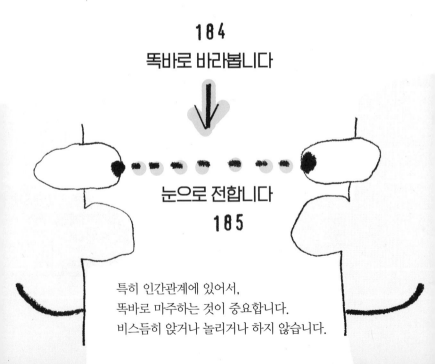

184
똑바로 바라봅니다

눈으로 전합니다
185

특히 인간관계에 있어서,
똑바로 마주하는 것이 중요합니다.
비스듬히 앉거나 놀리거나 하지 않습니다.

어떤 일이든, 언제라도
다시 고칠 수 있습니다.
다시 고쳐서 할 수 있는
용기를 가지면, 저절로
도전할 수 있게 되겠지요.

**186
다시 고쳐서
할 수 있는 용기를**

187 도망갈 길을 만들어 놓습니다

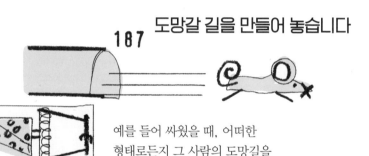

예를 들어 싸웠을 때, 어떠한
형태로든지 그 사람의 도망길을
막는 일은 하지 않습니다.

모든 것을 사랑합니다.
가족이라고 생각하고
사랑합니다. 그렇게
크고 따뜻한 마음을
가지는 것이 가장
훌륭하다라는 것을
알도록 합니다.

**188
모든 것을 사랑합니다**

189
미래를 생각합니다

눈앞의 일을 거절하지 말고,
좀 더 뒤의 미래를 생각합시다.
미래를 향해서 걸어가봅시다.

190
모두가 선생님입니다

만나는 사람, 아는 사람, 거기에
있는 사람 등 모든 사람은
본인에게 자그마한 것이라도
가르침을 주는 선생님입니다.

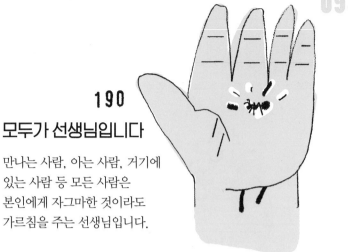

191
거짓말을 하지 않아요

100보 양보해줍니다 ## 192

앞다투어 싸우지 말고, 양보하는 마음을
가집시다. 기껏해야 100걸음 정도니,
언제라도 양보할 수 있는 여유를 가집시다.

남에게 받은 것은 독차지하지 않습니다.
남으로부터 받은 이익은 언제라도 많은
사람에게 다시 되돌려줄 수 있도록 합니다.

193

남에게 얻은 이익은
다시 다른 사람에게 나누어줍니다

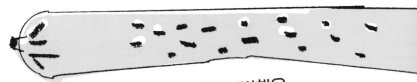

194 작은 선물을 준비해요

다른 사람과 만날 때는, 아주 자그마한
것이라도 좋으니 작은 선물을 준비합니다.
당신과 만나서 기쁘다는 감사의 마음을 담아
건넵니다.

상대에게 등을
돌리지 말아요

195

칭찬할 때는 단도직입적으로 확실한
단어에 마음을 듬뿍 담아 칭찬합니다.
그러면, 관계가 좀 더 좋아질 것입니다.

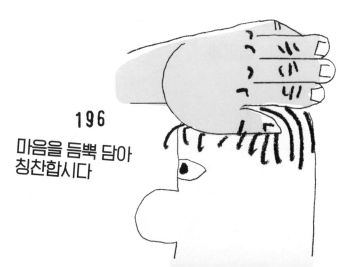

196

마음을 듬뿍 담아
칭찬합시다

웃음을 주도록 해요

197

인생은 유머 없이는 살 수 없습니다.
당신은 지금, 누구를 웃게
만들어주고 있습니까?

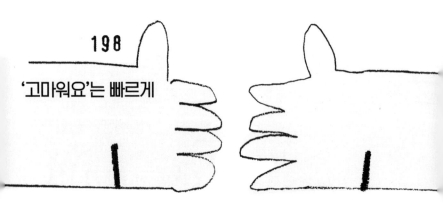

198

'고마워요'는 빠르게

기쁜 일이 생기거나, 도움을 받거나
할 때 바로 '고마워요' 라고 즉시
말해봅시다.

199
눈을 보고 말해보아요

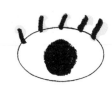

사람과 대화를 할 때는 상대의
눈을 보고 말해야 합니다.
친절하면서도 따스하게, 애정을
담아서 눈과 눈을 마주보면서
대화합니다.

200
기분 좋은 목소리로

대화를 할 때는 귀에 듣기 좋은
목소리로, 목소리 톤을 조심합니다.
상대를 배려하고 그 주변
사람들에게도 마음을 쓰도록 합시다.

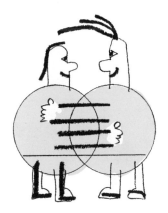

201   애정을 전해요

커뮤니케이션의 목적은 자신의 애정을
전하는 것입니다. 먼저 자신을 알게
하기 위해서 마음을 열어야 합니다.

202

때로는 잠시 멈춰봅니다

올바르게 앞만 바라보고
나아가는 것도 중요하지만,
때로는 잠시 멈춰 서서 상황을
점검해보아야 합니다.

무엇이든 간에 그 안에는
좋은 점이 있기 마련입니다.
항상 새롭고 좋은 점을 찾아
늘려가도록 합니다.

203

새롭고 좋은 것을
찾아보아요

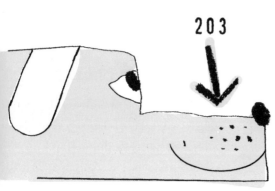

204
닦아보아요

정리할 때, 깨끗하게 하는
것만이 아니라 사물을
닦아낸다는 생각을 가집시다.

205
좋은 말로 말해보아요

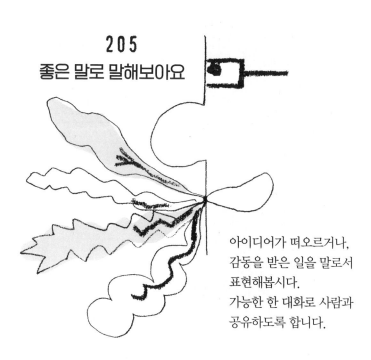

아이디어가 떠오르거나,
감동을 받은 일을 말로서
표현해봅시다.
가능한 한 대화로 사람과
공유하도록 합니다.

모든 일에는 사람이 있어요

모든 상황에는 사람이
관계한다는 사실을 잊으면
안됩니다. 그 일이 발생하는
데에는 '사람들이 관련이
있다' 라고 생각합니다.

206

207

잘 들어보아요

208 행복이라는 것은

행복이라는 것은 사람과 깊게
연결되어 있습니다. 그 사람의
훌륭함을 충분히 알아가는
것입니다.

209

길러보아요, 지켜보아요

210
인사는 예의 바르게

예의 바른 인사는 자신 자신을
지켜줍니다. 상대보다도 먼저,
기분 좋은 인사를 하도록
합니다.

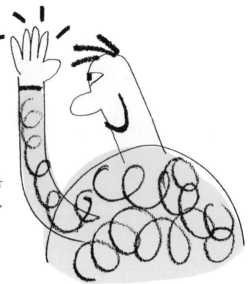

방법의 발명을
211

일이라는 것은 지금까지 없었던
새로운 방법을 발명해내는 것입니다.
고정관념에 얽매이지 않도록 작은
발명이라도 만들어 쌓아가봅니다.

주머니에 손을 넣지 말아요

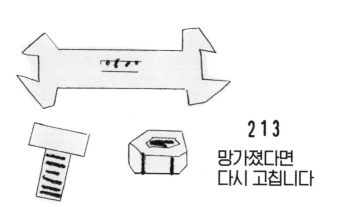

213
망가졌다면
다시 고칩니다

214

모두가 소중한 친구입니다

모든 사람을 대할 때에 혹시 그
사람이 소중한 친구라면 어떻게
대할 것인지 생각합니다.

215

경쟁하지 않아요

경쟁은 하지 않습니다. 경쟁 상대가
있는 것을 선택 안 하면 됩니다.
아직 아무도 하지 않은 것에
몰두해봅니다.

닮아가보아요

배운다는 것은, 닮아간다는
의미도 있습니다. 배우는
것뿐만 아니라, 상대방을
닮아가는 것으로부터
시작합니다.

사람과 사람을
연결해줍니다

연결함으로서 새로운
무언가가 탄생하는 것처럼,
사람과 사람을 연결할 수
있도록 합니다.
그것도 당신의 역할입니다.

그것이 아름다운 것인가

생활도, 일도, 항상 그것이 아름다운 일인지
스스로 물어봅니다.
아름답게 있을 수 있도록 항상 마음가짐을
올바르게 합니다.

순진하게

몇 살이 되어도, 경험이 아무리 풍부해도, 잘
모른다는 태도와 마음가짐으로 생활이나 일에
전념할 수 있도록 합니다.

220
계단은 한 계단씩

221　희망을 가집니다

당신의 희망은 무엇입니까?
희망을 잃어버리면 안됩니다.
아무리 괴로운 일이라도 희망을
가지고 나아가보세요.

222
가족이 가장 소중합니다

일 때문에, 가족을
희생시켜서는 안됩니다.
무엇이 되던 간에,
가족을 가장 소중하게
생각해야만 합니다.

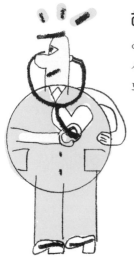

헤맬 때는　　223

어떨지 몰라서 헤맬 때는, 더 힘든 쪽을
선택하면 배울 점이 많아 좋은 경험이
되고 자신의 성장에도 도움을 줍니다.

브레이크를
잘 다루어보아요　224

225

명쾌한 답변을

'네' 라는 확실하고 명쾌한 답변을
할 수 있는 사람에게는 좋은 일들이
모이기 마련입니다.

226

항상 15분 먼저

사람과의 약속이나, 일을 시작할 때는 항상 '15분 전'을 마음에 새깁니다. 무슨 일이 있더라도 걱정할 필요가 없습니다.

227

우연히 좋은 상황이 온다고 해도, 좀 더 잘해보고자 하는 마음을 가져봅시다. 좋은 것은 좀 더 좋아질 것이기 때문입니다.

좀 더 잘해봅시다

228
새로운 것인가요?

새로운 아이디어가 떠오른다면,
그것은 아직 아무도 생각해내지
못한 완전히 새로운 것인지 잘
생각해봅니다.

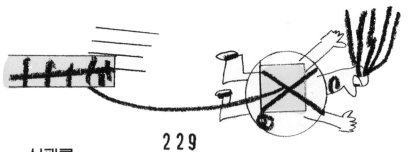

229

실패를
무서워하지 말아요

도전할 때 실패는 항상 함께 오는
것입니다. 실패를 무서워하지 말고,
다시 도전할 수 있는 용기를 가집시다.

230

힘을 뺍니다

기분 좋게　　　　**231**

사람은 힘든 일이나 괴로움, 고생을
평생 짊어지고 갑니다.
그렇기 때문에, 항상 기분 좋게
사람을 대하도록 합니다.

232

**양손으로 전하고,
양손으로 받습니다.**

가슴이 두근두근하는 일을

233

그것은 가슴이 두근두근하는 일인가요?
두근두근하는 일은, 오랫동안 지속할 수도
있고 항상 새로운 마음으로 있을 수 있게
해줍니다.

당신의 일생의 그래프를 만들어보아요

234

235

보석처럼

소중하게 다루고 있는 것이나,
중요한 것은 마치 보석처럼
다루도록 합니다. 그것의 가치는
당신의 마음가짐이나 어떻게
다루느냐에 따라서 달라지는
것입니다.

236

무엇이든지 재미있게

어차피 할 거라면 일부러 재미있게
하는 것이 마음에 편합니다.
항상, 어떻게 하면 더 재미있게 할 수
있을지 고민합니다.

어떠한 작은 일이라도, 반드시
뒤를 돌아봐서 그때까지의 상황을
확인합니다. 그리고 나서 다음에
나아가야 할 걸음을 확인해봅니다.

237

뒤를 돌아보아요

238

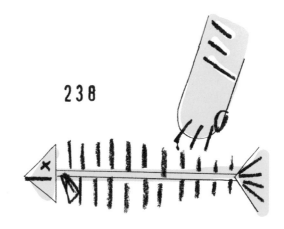

사랑한다는 것은 할 수 있는 한,
새로운 생명력을 불어넣어 생기있게
만드는 것입니다. 당신은 진실된
사랑을 하고 있나요?

사랑은 살리는 것

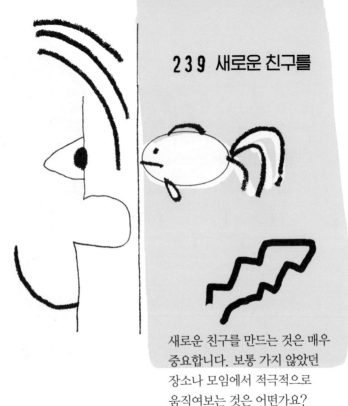

239 새로운 친구를

새로운 친구를 만드는 것은 매우 중요합니다. 보통 가지 않았던 장소나 모임에서 적극적으로 움직여보는 것은 어떤가요?

조금이라도 좋아요 240

맛있는 음식은 맛있을수록 적은 양으로도 만족할 수 있습니다. 어떤 것이라도 너무 욕심부리지 말아야 합니다.

매일매일
대화법의 관리를

241

필요 없는 말은 하지 않고 매일
자기 자신의 대화법을 체크하고,
관리를 게을리하지 않습니다.

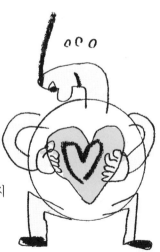

242
새로운 친구를

자신의 능력을 조금 넘은 일과 언제든지
맞붙을 수 있도록 마음먹습니다.
조금이라도, 자신이라는 틀을 크게
넓혀봅니다.

매일 재설정해보아요

243 그것이 아무리 잘하고 있는 일이라고 해도,
매일 리셋하는 새로운 마음으로 마주할 수
있도록 합니다.

변화되어도 좋아요　**244**

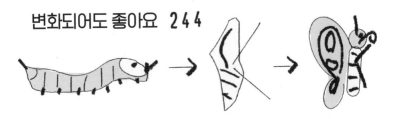

항상 새로운 자신으로 있기 위해서는
변화되는 모습을 두려워해서는 안됩니다.
매일 변화되어도 좋기 때문입니다.

245

본보기를 찾습니다

어떤 것을 배울려면,
먼저 모범이 되는 사람을
찾아야 합니다. 모범이
되는 사람이 있는
것만으로 배움의 속도는
달라지기 때문입니다.

246

가지고 있는 물건을 점검합니다

어떤 물건을 가지고 싶다면
우선 자신이 가지고 있는
물건을 점검해봅니다.
그러면 굳이 쓸데없는
물건을 사지 않아도 됩니다.

당신만의 형식을 만들어요

비장의 카드라고 할 수 있는 자신만의 형식, 장점을 가지면 마음이 편해집니다.

247

248
치아는 귀중하게

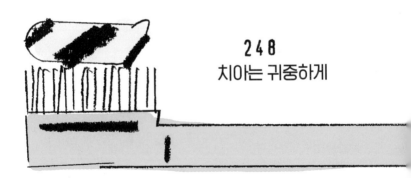

249
못하는 일은……?

아무리 해도 스스로 하지 못하는
일은 무엇일지 생각해봅니다.
못한다는 것을 아는 것만으로도
강해질 것입니다.

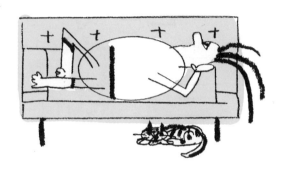

250
잘하는 일은……?

스스로 잘하는 일은 무엇일지
생각해봅니다. 잘하는 것을
아는 것만으로도 강해질
것입니다.

부모님에게 배웁니다

부모님은 가장 가까운 곳에
있는 인생의 선배입니다.
어떻게 하면 좋을지 고민할
때에 부모님이라면 어떻게
할지 생각해봅니다.

251

기분을 다시 상쾌하게 하고 싶을 때는
손을 씻는 것처럼 물을 만져봅니다.
그러면 여러가지 잡념들이 물에
씻겨내려가는 기분이 들 겁니다.

252

물을 만져보아요

253

언제든지 남에게 도움이 되는
스스로가 되길

자신이 특히 잘하는 것에
관해서는 누군가에게 도움이 될
수 있도록 항상 준비를 해둡시다.

힘든 일이나 괴로운 일로부터
도망가려고 하면 오히려 더
쫓아오는 법입니다. 차라리 확실히
받아들이는 것이 좋습니다.

254

도망가지 않고
받아들여요

255

오랫동안
알고 지낸 것처럼

오랜만에 만난 사람일수록 오랫동안
알고 지낸 것처럼 그 사람과의
관계를 소중하게 지켜 나갑니다.

바쁜 날일수록, 가능한 한 가족
모두 한데 모여서 저녁식사를
먹습니다. 따스한 분위기를
함께 즐깁니다.

256
함께 저녁식사를

257 **사회의 일원으로서**

사람이 알아차리지
못하게끔, 배려해주거나
마음을 씁니다. 그런
자그마한 행동 하나하나도
소중히 합니다.

비밀스러운 친절을

258

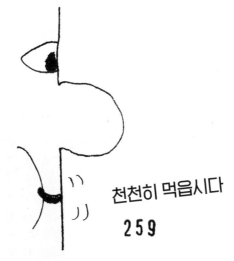

천천히 먹읍시다

259

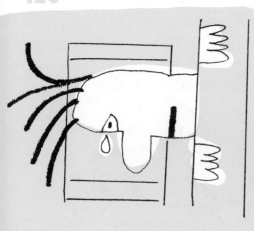

260
풀이 죽어도 좋아요

괴로운 일이나, 슬픈 일이 있을 때,
참지 않고 감정 그대로 풀이 죽어도
좋아요. 울어도 좋아요.

261
외국어를 말해보아요

모국어 이외의 언어 한 두 개 정도 공부해서
외국인과 회화할 때 써먹어봅시다.

262
양치질해요

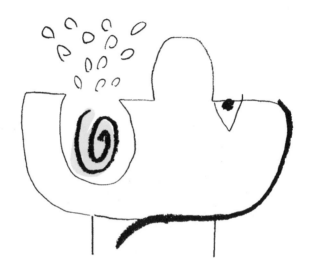

263

비 오는 날은
재미있게

비 오는 날은 마음에 드는
우산이나 비옷, 레인부츠를
준비해서 바깥으로
나가봅시다.

264
태양에게 감사를

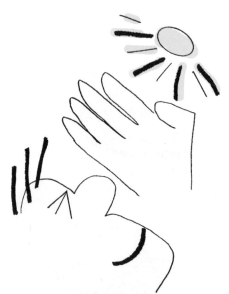

항상 밝은 햇빛에 감사합니다.
오늘도 잘 부탁드립니다.

265
달라붙지 않아요

사람, 사회, 모임이나 조직에
의존하지 않고 기대지도 않고
무리하게 달라붙지 않습니다.

266 결점을 사랑합니다

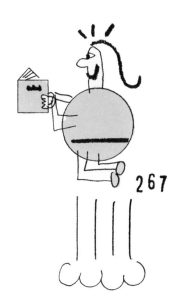

267

사람이라면 결점은 누구나
가지고 있습니다.
어떠한 결점은 고쳐지기도 하고
때론 매력이 되기도 합니다.
결점을 사랑해줍시다.

힌트라는 것은
감동입니다.

우연한 감동이나 배려가 힌트가
되어서 문제 해결에까지 영향을
미치게 됩니다. 감동 포인트를
놓치지 않도록 합니다.

화장실은 꼭 깨끗하게

화장실을 사용하고 나면
사용하기 전보다도 깨끗하게
합니다. 그런 상쾌한 마음이
행복을 부르는 것입니다.

268

269

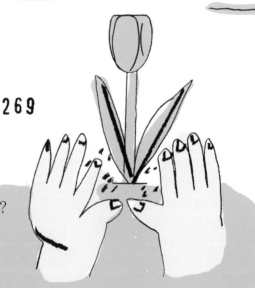

흙을 만져보아요

흙을 만져보면 마음이
차분해지는 것은 왜일까요?
손이 더럽혀지는 것에
상관하지 말고 흙과
친해져봅시다.

때로는 이것저것 음식을
미리 만들어 준비해 둡니다.
매일 하는 요리와 다른
즐거움을 찾게 될 것입니다.

만들어 놓은 요리를
270

271   천천히 씁니다

손편지의 묘미는 급하지 않으면서,
정중하게 천천히 쓰는 것입니다.
모양이 흔들려도 마음을 담아서
한 글자 한 글자 쓴 문장이 주는
기쁨이 있습니다.

실패를 하면 왜 실패했는지,
그 원인이 무엇인지
연구해봅니다. 아, 이래서
그렇게 되었구나 라고
느끼는 발견으로부터
배워나가는 것입니다.

272
실패를
연구합니다.

천천히 스트레칭해요

273

피곤할 때는 마사지보다도 천천히
스트레칭을 합니다. 무리하지 말고
뭉친 부위를 풀어주는 것입니다.

화면을 보지 않는 날

274

TV나 핸드폰을 보지 않는 날도
있어야 합니다.

쉽게 놀라는 사람이 되지 않도록

275

하나하나에 놀라지 않습니다.
뭐가 되었던 간에, 그 상황을
냉정하게 이해하는 마음가짐이
필요합니다. 적절한
대처능력을 가져봅시다.

276 날씨를 즐겨봅시다

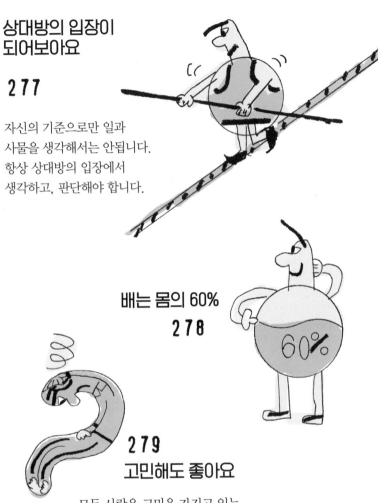

상대방의 입장이
되어보아요

277

자신의 기준으로만 일과
사물을 생각해서는 안됩니다.
항상 상대방의 입장에서
생각하고, 판단해야 합니다.

배는 몸의 60%

278

279
고민해도 좋아요

모든 사람은 고민을 가지고 있는
법입니다. 고민으로부터 도망가지 않고,
도리어 곰곰히 생각해보는 것이 좋습니다.
그러는 것이 바로 인생이겠지요.

280 계단을 오르는 것처럼

조급해하지 말고, 당황해하지 말고
한 계단, 한 계단 천천히 계단을
올라가는 것처럼 경험하고 배우고
성장해나갑니다.

281 자신을 용서해보아요

자신을 사랑하는 마음, 믿는
마음, 용서하는 마음들이
모여서 새로운 한 발자국을
내딛게 됩니다.

자신의 장점은 더 장점이 되도록 하고
남들에게 아름답게 좋아보일 수 있도록
연마합니다.

282
장점을 기릅니다

283
시를 읽습니다

때로는 시를 읽어봅니다.
여러가지 풍경이나 감정이
떠오르기도 하면서 마음을
차분하게 만들어 시의 세계를
음미하게 해줍니다.

스프를 만들어봅니다
284

스프 만들기는 요리의 기본입니다.
스프를 만들 수 있다면 어떤 요리라도
어떻게든 만들 수 있습니다. 몸에
좋은 영양을 듬뿍 담아 만듭니다.

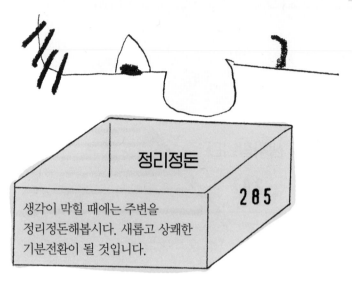

정리정돈

285

생각이 막힐 때에는 주변을
정리정돈해봅시다. 새롭고 상쾌한
기분전환이 될 것입니다.

모이지 않아요

친구들 사이에서도 집단으로 모이는
것을 피합니다. 혼자가 되어서
생각하고 행동하고, 마음을 다스리고
스스로를 정비해봅니다.

286

항상 이 앞에 무엇이 있을지,
무슨 일이 일어날지를 생각해서
이를 위해서 무엇이 필요할지 잘
생각하고 준비합니다.

앞을 생각합니다

287

288

낙서를 해봅시다

마음이 가는대로, 자유롭게 낙서를 해봅시다.
그렇게 현재 스스로의 마음 속을 들여다봅니다.

도움이 되는 자신을 만들어봅니다.

사회나 다른 사람에게
어떻게 하면 자신이 도움이
될 수 있을지 생각해봅니다.
도움이 되는 스스로의 강점이
무엇인지 생각해봅니다.

289

천진난만하고, 번쩍이면서도
헤아리기 어려운 아이디어를
중요하게 여깁니다.
이때 무조건 메모합니다.

순수한 아이디어

290

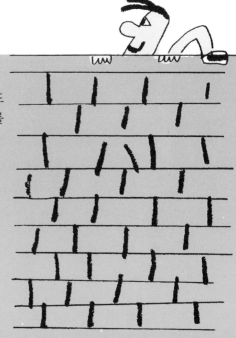

2 9 1

동물과 친해져요

시간이 걸리는 것을

어떤 일이라도 해결하는데 필요한
시간이 있습니다. 짧은 시간 안에
해결하려 하지 말고, 그 시간을
살려서 맛보고 즐겨봅니다.

2 9 2

한 번의 생각으로
두 가지 방안을 찾아요

2 9 3

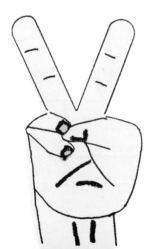

잘하는 것을

2 9 4

잘하는 것은 각각이
가지고 있는 장점 분야나
주력 분야입니다. 그
하나를 찾기 위해서
끈질기게 힘을 쏟아
붓습니다.

2 9 5
휴일은
센스를 기르는 날

휴일은 새롭게 마음을
가꾸는 날입니다.
조언과 체험을 통해
자신만의 센스를
높여봅니다.

2 9 6
새로운 사람과 만납니다

하루에 한 사람, 다른 일에
종사하거나 다른 문화를 가지고 있는
새로운 사람과 만나는 것을 목표로
삼아봅니다.

297

하얀 종이를 놓아둡니다.

눈앞에 하얀 종이를 놓아두고, 그 하얀
부분을 지긋이 지켜봅니다. 그러면 그곳에서
무언가 떠오르는 것이 있을 것입니다.

298
꾸미지 않아요

있는 그대로, 꾸미는 일 없이
차분한 스스로가 언제든지 가장
멋진 법입니다.

2 9 9   이념을 가져요

이념이라는 것은 어떻게 되고 싶은 지를
아는 근본이 되는 생각입니다. 그래서
잘못되어도 다시 되돌아갈 수 있게
만드는 생각입니다.

점과 점을 연결해요

어떤 일이라도 지금까지의 경험에
연결해 도움이 될 것으로 믿습니다.
그렇게 열심히 살아봅시다.

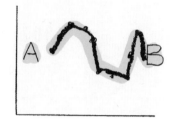

아무리 사용해도 줄지 않는
것을 만들어봅니다. 그것은
지금까지 없었던 새로운
것입니다.
그런 것을 발명해봅시다.

줄지 않는 것을

301

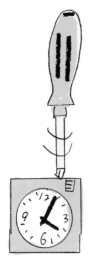

알고 싶은 것이 있다면, 본인의 눈으로
확인하고 본인의 머리로 이해합니다.
모르는 부분을 그대로 두어서는 안됩니다.

302 무엇이든 확인합니다

조사하는 습관은 때로는
필요하지만, 먼저 느껴봅니다.
자신의 직감을 믿어봅니다.

303 조사하지 않아요

경의를 표합니다
304

305

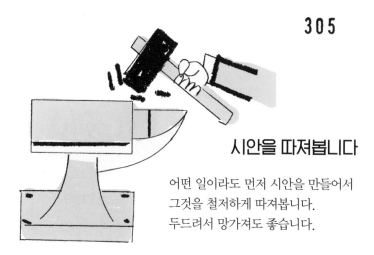

시안을 따져봅니다

어떤 일이라도 먼저 시안을 만들어서
그것을 철저하게 따져봅니다.
두드려서 망가져도 좋습니다.

306
프로처럼

관객이 없더라도 프로 선수처럼
프로답게 활약하는 사람이
되어봅시다. 경기 스코어가
중요한 것이 아니라 그라운드를
봅니다.

메시지를 담습니다

주어진 과제, 목표, 행동에
어떠한 메시지가 있는지
생각해봅니다.

307

308

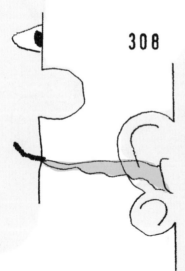

숨김없이 이야기
해보아요

좀처럼 말하지 않는 본인의 일을
숨김없이 이야기해봅니다.
마음 먹고 이야기해보면 마음도
편해질 것입니다.

309 좋아하게 된다는 마음을 소중하게

사람을 좋아하게 되었을 때의 열정을
마음에 떠올립니다.
분명히 힘든 상황도 뛰어넘을 수 있을
것입니다.

310 반론하지 않아요

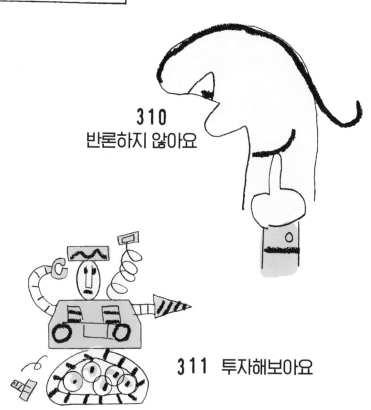

311 투자해보아요

312 대접받는 사람에게

313 마법의 단어를

힘든 일일수록, '감사합니다', '죄송합니다'와
같은 마법의 말을 잊지 맙시다.

적의 기분이 되어 자신을
밀어붙여 봅니다.
그러면 자신의 약점이 어디인지
알 것입니다.

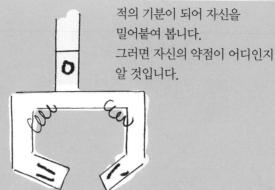

적이 되어봅니다

314

어떤 일이라도 가까운 길을 가려고
하지 말고, 한 발자국 한 발자국 스탭을
밟아갑니다. 급히 서두르지 맙시다.

315

네 가지 스탭을 밟아요

316 무슨 일이든 힘껏 해봅니다.

아무 생각없이 있는 힘껏 일해봅니다.
힘껏 배웁니다. 힘껏 즐깁니다.
그러면 어떤 일이라도 할 수 있습니다.

317
자신을 팝니다

무너뜨려봅니다 318

본인이 쌓아놓은 것을 때로는 스스로
무너뜨려보면, 그 다음에 새로운
무언가가 보이게 될 것입니다.

한 권의 책을   319

많은 책을 읽는 것보다도,
한 권의 책을 여러 번 읽어봅니다.
그러다 보면 보이는 비밀이 반드시
있을 것입니다.

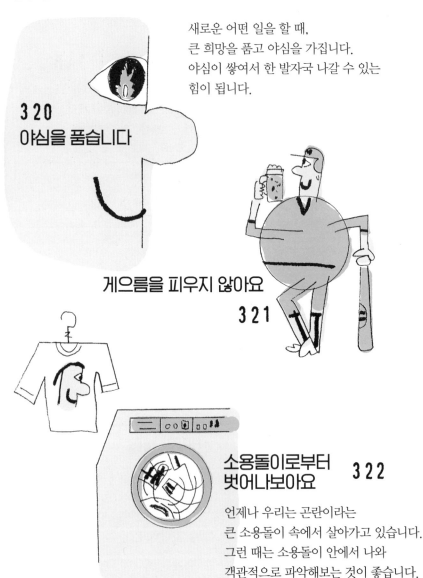

새로운 어떤 일을 할 때,
큰 희망을 품고 야심을 가집니다.
야심이 쌓여서 한 발자국 나갈 수 있는
힘이 됩니다.

**320
야심을 품습니다**

**게으름을 피우지 않아요
321**

**소용돌이로부터
벗어나보아요 322**

언제나 우리는 곤란이라는
큰 소용돌이 속에서 살아가고 있습니다.
그런 때는 소용돌이 안에서 나와
객관적으로 파악해보는 것이 좋습니다.

3 2 3 왜, 무엇을, 어떻게

아이와 같은 호기심을 항상 가집시다.
왜, 무엇을, 어떻게라는 의문을
가지고 하나씩 해결해 나가봅니다.

자기 편을 늘립시다
3 2 4

언제든 이해를 해주는 자기편을
늘려갈 수 있도록 노력합니다.
서로가 자기편이 되도록 서로
협력합니다.

325 좋아하는 것을
파헤쳐보아요

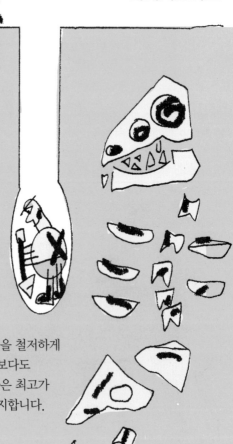

자신이 좋아하는 일을 철저하게
파헤쳐보아서 누구보다도
그 일에 관해서만큼은 최고가
될 수 있도록 잘 숙지합니다.

득점을 얻기 위해서는 언제든지
정확한 패스를 할 수 있어야
합니다. 좋은 패스를 할 수 있도록
합니다.

패스 돌리기

3 2 6

'나' 라는 미디어를 넓혀가봅니다.
나의 비전을 많은 사람이
알 수 있도록 합니다.

3 2 7

본인 미디어를

3 2 8
감기에 걸리지 않도록

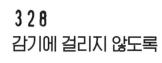

329
편하게만 있지 않아요

330 새로운 가치를

그 어떤 누구가 알아차리지 못해도,
분명히 필요로 하는 새로운 가치를
누구보다도 빨리 찾아봅시다.

때로는 단념하고 뻔뻔하게 되어 보는 것도
필요합니다. 겸손하게 하다보면 때로는
중요한 것이 무엇인지 늦게라도 알아차릴 수도
있습니다.

331 때로는 뻔뻔스럽게

332

사양하지 않아요

상대방에게 신세를 졌거나
대접을 받았을 때,
너무 사양하지 않더라도
겸손함을 잃지 않도록 합니다.

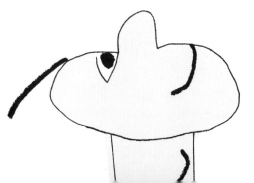

끝까지 믿습니다
333

브랜딩해보아요

334

나 자신을
브랜딩해보아요. 어떤
이미지로서,
어떠한 역할로서 있어야
하는지 어떤 발언을 해야
하는지 생각해봅니다.

무언가를 하려면 기본에 충실해야 합니다.
기본을 잃으면 결국은 다시
새롭게 해야 하는 경우가 많기 때문입니다.

335 기본을 충실히 해요

독자적인 가치를 336

자신만이 찾을 수 있고,
만들어 낼 수 있는 가치를
많은 사람들이 알 수 있도록 하는
것이 좋습니다.

궁극적으로 느껴요

궁극적으로 멋진 것, 아름다운 것,
높은 품질의 물건을 직접 느끼고
만져봅니다.

337   그 경험은 창조력의 씨앗이 됩니다.

대다수의 의견에는
그 나름의 가능성밖에 없지만,
소수의 의견에도 큰 가능성을
담고 있다는 것을 알아둡시다.

338

소수의 의견도 소중하게

339
당연한 것을
시작해보아요

본인에게 있어서 당연한 습관을
항상 체크해서 더 좋게 되도록 합니다.
당연함을 항상 최선으로 두고
시작합니다.

진화해봅시다
340

341
모든 사람을 위해서

세상에 있는 모든 사람들이
언제든지 행복해질 수 있는
방법을 생각해봅니다.

342

'실례합니다'라는 마음으로

어디든 항상 실례한다는 마음이
가장 중요합니다.
손님이라고 생각하면 됩니다.

멋진 일, 기쁜 일, 새로운 일은
우선순위에 둡니다. 이것도
하나의 정보수집입니다.

343

앞을 향해 생각해요

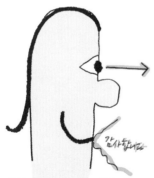

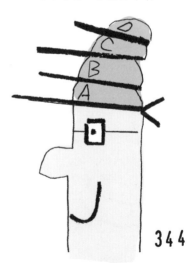

매일매일, 다양한 일들이
일어나지만 모든 일을 플러스로
생각합시다. 마이너스인 일에도
감사함을 잊지 맙시다.

344

우선순위를 만들어요.

345 가장 새로운 것과 가장 오래된 것

가장 오래된 것과, 가장 새로운 것을 잘 보고, 잘 알고, 자주 접하는 것만으로도 배우는 것이 많습니다.

346 몸의 소리를 들어요

항상 자신의 몸의 소리에 귀를 기울여봅니다. 결코 무시해서는 안됩니다. 오늘은 뭐라고 말하고 있나요?

347 팽이가 되어보아요

팽이처럼 항상 빙글빙글 돌아봅니다. 돌고 있기 때문에 넘어지지 않는 팽이같은 상태가 되어보는 것도 좋습니다.

쓰레기를 관찰해보아요

인간이 버리는 물건,
필요로 하지 않는
물건이야말로 새로운
가치의 힌트를 숨기고
있습니다.

348

식사할 때, 혼자서도 반드시
'잘 먹겠습니다.' 라고 감사의 말을 잊지
않습니다. 물론 '잘 먹었습니다.' 라고
말하는 것도 잊지 맙시다.

혼자여도 '잘 먹겠습니다' 라고 하는 법

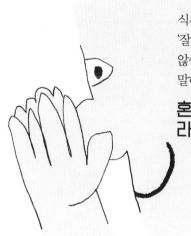

349

350
지갑은 깨끗하게

돈을 넣는 지갑은 항상
깨끗하게 해둡니다.
지폐는 똑같은 방향으로
정리해서 놓으면 기분도
좋아질 것입니다.

351

자기소개를
합니다

언제든지 간결하면서도 정확한
자기소개를 할 수 있도록
준비해둡니다. 자기소개는 예의를
표현하는 하나의 방법입니다.

새로운 도전은 매우 좋은 일입니다.
여러 가지 일을 도전해봅니다. 우선은
10일 정도 계속해보는 것이 좋습니다.

**우선 10일 정도
계속해봅니다.**

352

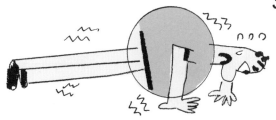

353

새로운 습관을 시작해보아요

새로운 습관을 하나
늘려봅니다. 그러기
위해서는 다른 습관을
하나 줄여보는 것도
잊지 맙시다.

연령을
생각하지 말아요

354

스스로가 젊든, 늙었든 간에 연령을
신경쓰지 맙시다. 그저 열심히
즐기는 것이 좋습니다.

355

이름을 기억하는 것

새로운 사람을 만날 때,
바로 이름을 외웁시다.
이름을 외워주는 것 만으로도
상대방에게 기쁜 일은
없습니다.

356
화내지 말아요

마음먹은 대로 되지 않을 때에는 화를 내도
해결되지 않습니다. 그럴 때일수록, 바깥
공기를 들이마셔 기분전환을 해보아요.

조급해하지 말아요

무슨 일이 일어나도 조급해하지
말아요. 조급함은 아무런 도움이
되지 않습니다. 냉정하게
하나하나 대처해봅니다.

357

머리 모양이 덥수룩하진 않나요?
사람은 머리 모양을 보고
그 사람의 인상을 결정하기도 합니다.

358
머리 모양을 정리합니다.

359
이마를 내봅시다.

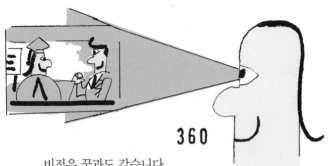

360

비전을 가져요

비전은 꿈과도 같습니다.
언제든지 꿈을 이야기할 수
있는 자신이 되어봅니다. 꿈이
현실로 되기 위해서 무엇을
해야만 하는지도 생각해봅니다.

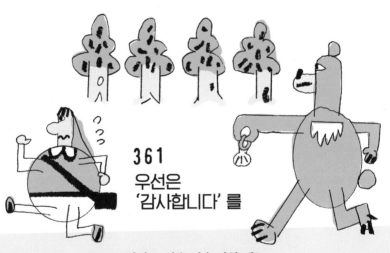

361
**우선은
'감사합니다' 를**

말하고 싶은 것을 말할 때는
처음부터 매일매일 감사함을
표현하며 말을 시작해봅니다.

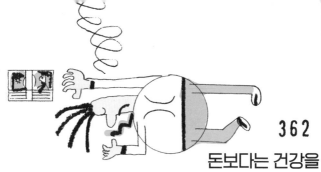

362

돈보다는 건강을

363
말다툼을
하지 않아요

논의는 좋지만, 말다툼은 하지 않는 것이
좋습니다.
말다툼을 하면, 어느 쪽이든 반드시
상처입기 때문입니다.

364
마음껏 일해요

365
혼자서도 할 수 있어요

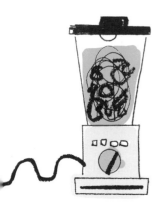

어떤 일이든지 혼자서도 할 수 있다고
믿어봅니다. 하지 못하는 일은 없다고
생각하고 도전해봅니다.

본인의 아이디어를 믿습니다.
지금 당장에는 아무런 도움이 안 되는 것
같아도 언젠가 반드시 결실을 맺게 될
것입니다.

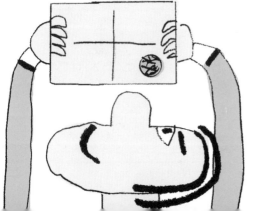

366
아이디어를 믿어요

367

아침은 일이 시작되는 시간입니다.
중요한 일이나 생각했던 일은
아침 시간을 사용해서 계획해봅니다.

아침이 승부를 결정하는 시간

368

용기 있는 행동을 해봅니다.

행동만이라도 용기를 보여줍니다.
그러면 신기하게도 그렇게 용기 있는 사람이
되어가는 자신을 발견할 것입니다.

369

무서워하지 않아요

사람은 약하고, 소심하지만,
아무것도 무서워하지 않는
마음가짐이 중요합니다.
마음을 단단히 먹고 앞으로
향해갑니다.

하고 싶은 일은
무엇인지 생각해요

370

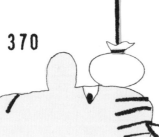

상대가 지금 하고 싶은 일은
무엇인지 잘 생각하면 그것은 여러
가지 일을 하는데 힌트로 도움을 줄
것입니다.

대담해져요

때로는 대담해져봅시다.
대담하게 발언하거나 대담하게
행동하거나 대담하게
표현해봅니다.

371

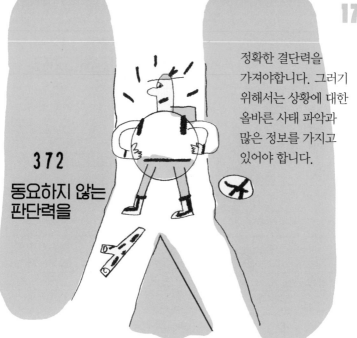

372

동요하지 않는 판단력을

정확한 결단력을 가져야합니다. 그러기 위해서는 상황에 대한 올바른 사태 파악과 많은 정보를 가지고 있어야 합니다.

373

결점을 신경 쓰지 않아요

상대의 결점을 신경 쓰거나, 비난하거나 하지 않습니다. 결점이 크게 도움이 될 경우도 있기 때문입니다.

374 하나씩 전진해나가요

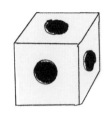

한데 모아서 정리하려고 하지 말고,
무엇이 됐든 간에 하나씩 전진해나가요.
그것이 가장 빠르고 올바른 방법입니다.

불가능은 없다고 믿습니다.
반드시 어딘가에 방법은 있습니다.
언젠가 될 수 있다고 믿고 포기하지
않는 마음을 가집시다.

375

불가능이라는 말을
잊어버려요

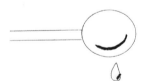

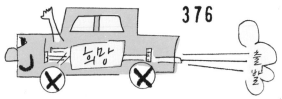

376

희망을 엔진으로

희망을 버리지 않습니다.
항상 마음속에 희망을 새기고
전진해나가도록 합니다.
희망을 힘으로 바꾸어서 나아갑니다.

377

찬스를
놓치지 않아요

378

성공의 비결은 열정

문제가 발생했을 때 다른 어느
누구보다도 잘 알고, 누구보다도
자세하게 잘 이해하며, 그렇게
열정적으로 한다면 성공은
가깝습니다.

379 신념은 한 발자국이 됩니다

쓴소리를 듣더라도 신념을 관철합니다.
신념만 있다면 한 발자국 내딛을 수
있습니다.

함부로 간섭하지 않아요

자신의 생각대로 타인을
간섭하지 않습니다.
이미 알고 있는 것이
있어도, 볼 것이 있어도
배제하고 상대를 대합니다.

380

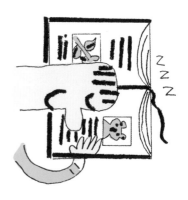

381
열중하는 것

382

방법이라는 것은
즐기기 위한 절차

방법이라는 것은 발명, 그리고
요령입니다. 그리고 언제든지
즐기기 위한 절차이기도 합니다.
즐기는 여러 가지 방법을
찾아봅시다.

383

성실하게 지내요

일에도, 생활에도, 타인에게도
가능한 한 성실하게 대하도록 합니다.
성실이라는 것은 마음 깊은 곳에서
우러나오는 것입니다.

384

나이를 먹어도
마음에 주름을
만들지 않아요

나이를 먹으면 얼굴에는 주름이
생기게 되지만, 마음에는 주름을
생기지 않게 항상 젊은 마음을
가질 수 있도록 합니다.

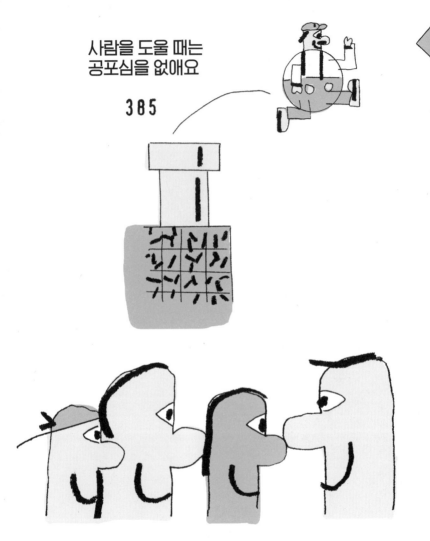

사람을 도울 때는
공포심을 없애요

385

386 행복하다고 생각할 것

387

트러블을
기쁘게 받아들여요

복잡한 문제는 배움의 보물창고입니다.
스스로가 성장할 수 있는 찬스이기도
합니다. 그런 마음 가짐으로 문제를
이겨내봅니다.

견뎌낸다는 배움

388

자제와 인내는 중요합니다. 무엇이 됐든
이래저래 말하지 않고 가만히 참고 견뎌내는
것이 필요할 때도 있습니다.

항상 오늘만을 생각합니다. 오늘,
지금을, 어떻게 하면 좋을지를.
오늘의 지금을 가장 소중하게
함으로서 내일이 됩니다.

389

내일의 일은 생각하지 않아요

마음을 열어요
390

391

기쁜 일은 무엇일지
생각해요

지금 가장 모두가 좋아하는 일은
무엇일지 생각해봅니다.
그것을 일에 적용해봅니다.

열심히 귀를 기울여요

392

인생의 쓴맛을 알아요

단맛뿐만 아니라, 쓴맛의 괴로움도 아는
사람이 됩시다. 그러면 언제 어디서든
사람들의 마음을 알 수 있게 됩니다.

393

394 ## 마이너스에서 플러스로

마이너스인 것을 조금 다른
방식으로 생각하면 플러스로
전환할 수 있습니다.
물론 그 반대도 있습니다.

문제를 표현해보아요.
그러면 반은 해결된 거에요.

문제가 일어나면, 그 문제를
풀어서 표현해보아요. 그러면,
그 문제 해결은 가까워질
것입니다.

명랑하게 있어요

밝고 쾌활한 사람의 곁에는, 사람도
운도 모이는 법입니다. 이를
위해서는 배려나 웃는 얼굴을 끊이지
않게 합시다.

인내는 명약　397

문제 해결의 특별한 대책 중의
하나는 인내입니다. 인내를 하다
보면, 시간이 해결해주기도 할
것입니다.

돈뿐만 아니라, 시간도
낭비하지 않도록 조심합시다.
시간을 새로운 것에
투자한다고 생각하는 것이
이상적입니다.

398

시간을 낭비하지 않아요

399
지금 바로

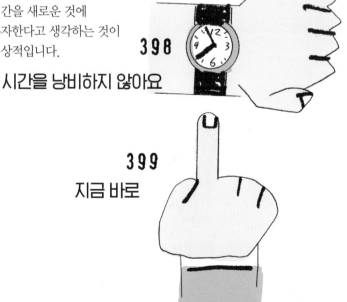

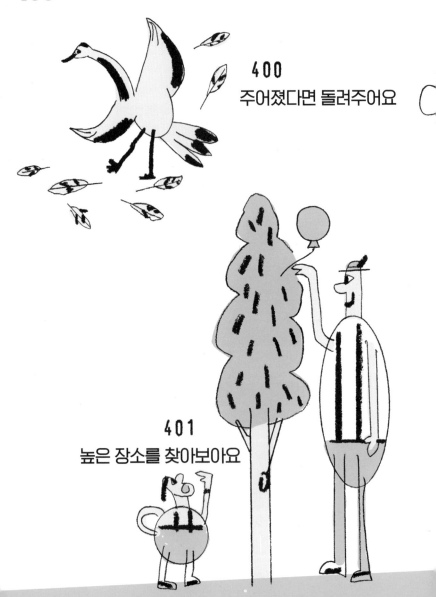

400
주어졌다면 돌려주어요

401
높은 장소를 찾아보아요

작은 것에
연연해하지 않아요　402

작은 사건에 연연해 하는 일은 나쁜
버릇입니다. 큰일을 하려면, 소소한
일은 가슴에 묻어두어도 좋아요.

403　정보보다 사실을

정보는 언제까지나 정보고,
사실과는 반대되는 경우도
있습니다. 그렇기 때문에,
사실은 무언가를 확실하게
간파해야만 하는 것입니다.

404

룰이나 관습에 사로잡히지 말아요

기존의 룰이나 관습에 얽매이지 말고, 용기라는 이름으로 자유로이 새로운 사고방식을 가지는 것이 중요합니다.

패턴

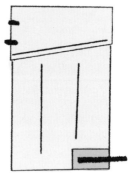

405

현재를 즐길 수 있는 것을, 찾아보아요

중요한 것은 과거도 아니고, 미래도 아니고, 현재인 것입니다. 현재를 즐길 수 있는 것을 찾아봅니다.

406
내일은 새로운 날

어떠한 고난이 계속된다 해도,
내일은 새로운 날입니다. 그렇게
생각하는 것만으로도 오늘을
움직일 수 있는 힘이 생깁니다.

어떠한 문제라도
'오늘만큼은'이라는 생각으로
극복해봅니다. 내일이 되면,
다시 또 '오늘만큼은'이라는
마음가짐으로.

오늘만큼은,
이라는 생각으로

407

대화 중에 남의 말에 끼어들지 말아요

408

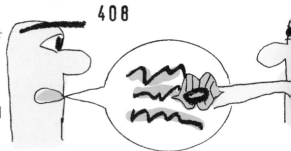

사람과 대화할 때에는
곰곰히 차분하게
들어봅니다.
사람이 말하고 있는
중간에 말을 끼어들지
않도록 합니다.

행복은 매일 다가와요

409

행복은 매일 다가옵니다.
이를 알아차릴지, 알아차리지 못할지는
스스로 어떻게 하느냐에 달려 있습니다.
감사의 마음에 따라 달라집니다.

410

베스트를 찾습니다.

사람을
업신여기지 말아요

411

결코 해서는 안 되는 일은
사람을 깔보거나, 업신여기는
일입니다. 제자리걸음을 할
때야말로 방심은 금물입니다.

꼭 해야만 하는 일을
좋아해보아요

412

모든 일에는 하고 싶은
일과 꼭 해야만 하는 일이
있습니다. 중요한 것은 꼭
해야만 하는 일입니다.
그것을 좋아하게 될 수
있도록 합니다.

413
아름다움이라는 것은
무엇일지 생각해보아요

당신에게 아름다움이라는 것은
무엇일까요? 아름다움의 정의를
말로서 표현해봅시다.

414

넘어지면
다시 일어나면 돼요

사람은 누구든지 약합니다.
넘어지지 않는 사람은 없습니다.
그렇기 때문에 넘어지면 몇 번이라도
다시 일어나면 됩니다.

416
작은 찬스를 잡는 것

작은 찬스는 언제든지 눈앞에
있습니다. 그런 작은 찬스를
놓치지 않도록 합니다.

기도한다는 것은
감사하는 마음

415

417
준비는 중요한 것이지만, 걱정은 중요하지 않아요

조그마한 걱정 정도는 괜찮지만,
걱정만 하고 있으면 한 발자국도
나아가지 못하게 됩니다.
걱정은 적당히 되도록 적게 합니다.

418
있는 그대로 받아들여요

언제나 최고로, 솔직한 마음으로
있는 것이 좋습니다. 비어있을 때
채워집니다. 어떤 일이라도 있는
그대로 받아들입니다.

절대로 고독하지 않아요

고독은 인간의 조건이기도 하지만,
고독을 자신의 것으로 받아들일 수 있는
것은 반드시 어딘가에 누군가가 옆에
있기 때문입니다.

419

420

일은 반드시 망가져요

망가지지 않는 것은 없습니다.
망가졌다면 수리하면 됩니다.
망가지지 않는 것이야말로 정말
재미없는 것입니다.

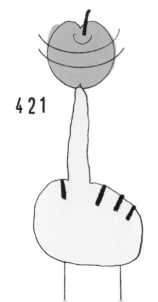

421

인생이라는 것은
오늘 하루 일어난 일

오늘 하루를 소중하게 합시다. 오늘이
바로 인생이라고 생각하고 어떻게 보낼
것인지 잘 생각해봅니다.

모르는 것을 알아요

모르는 것은 반드시 언젠가는 알 수 있도록
배울 기회를 만듭니다. 모를 때까지 놔두지
않습니다.

422

약점에 연연해하지 않아요

4 2 3

약점이 좋은 점도 있습니다.
그것은 누구라도 흉내낼 수 없다는
것에 있습니다. 사람은 약점이라는
매력이 있는 법입니다.

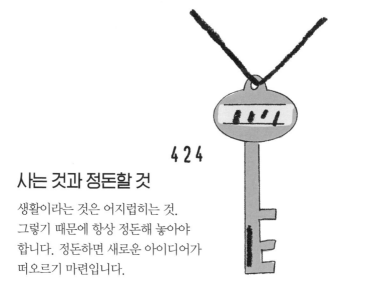

4 2 4

사는 것과 정돈할 것

생활이라는 것은 어지럽히는 것.
그렇기 때문에 항상 정돈해 놓아야
합니다. 정돈하면 새로운 아이디어가
떠오르기 마련입니다.

4 2 5
건강과 친구가 되어요

건강관리는 가장 중요한 일입니다.
건강과 사이 좋은 친구가 되기
위해서, 마음에 새겨야 할 것이
무엇인지 생각해봅시다.

상대가 원하는 것을 주어요

사람을 움직이게 하고 싶을 때는
상대가 원하는 것을 듬뿍 주는 것이
때로는 가장 좋은 방법입니다.

4 2 6

427 혼자인 사람에게 말을 걸어요

428 우정은 키워가는 것

우정은 식물과도 닮아 있습니다.
식물에 물과 영양을 주는 것과
마찬가지로 애정을 담아서 키워가는
것입니다.

아무리 사랑해도, 아무리 사이가
좋아도 본인과 상대방과의 거리를
적당히 열어두는 것이 중요합니다.

**429 손을 잡지 않아도
공간을 비워둬요**

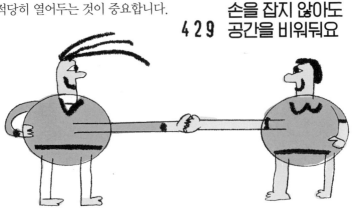

430

전부를 알고 사랑할 것

사람이든, 어떤 일이든,
사랑하려면 모든 것을 알아야 합니다.
안다는 것은 매우 어려운 일이긴
하지만요.

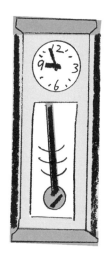

431
판매의 법칙을 지켜요

장사 판매의 법칙에는 세 가지가 있습니다.
1. 곤란한 사람을 도와줍니다.
2. 돈을 올바르게 사용합니다.
3. 근검절약합니다.
이것들을 지키는 것이 좋습니다.

부모님을 공경해요

바쁘거나, 힘든 때야말로,
부모님에게 감사의 마음을
담아 공경하는 것을 잊으면
안됩니다. 부모님과 가족은
가장 최우선으로 생각해야만
합니다.

433
일을 사랑해요

일은 매일매일 하는 일입니다.
일은 생활과도 같습니다.
그렇기 때문에 항상 사랑하도록
합시다.

434
큰일을 우선으로

435
월급 이상의 결과를

436

행복은 근면의 대가

현재의 행복은 그동안의
근면함의 보상입니다.
근면함은 매우 소중한
행복의 한 종류입니다.

437

아이디어가 막다른 길에
부딪혔을 때가
새로운 일의 스타트

무슨 일이든지 그렇지만, 막다른 길에
부딪혔을 때가 스타트 지점입니다.
거기서부터가 시작이라는 것을 압시다.

438

대부분의 꿈은
열심히 일하면
손에 얻을 수 있어요

다시 한번 더 해봅니다.
열심히 하면, 대부분의 꿈은 이룰 수
있습니다. 근면하다는 것은 열심히
일한다는 것입니다.

오늘도 꿈을 향해 가요

오늘도 꿈을 향해 자그마한
한 발자국을 내딛습니다.
매일, 멀리 있는 꿈에,
한 발짝 한 발짝 가까워지는
것을 이미지화 해봅니다.

439

440

때로는 손을 놓고 쉬어요

너무 열심히 하지 않아도 됩니다.
항상 마음과 몸의 소리에 귀를
기울여봅니다. 때로는 손을 놓고
쉬면서 릴랙스해봅니다.

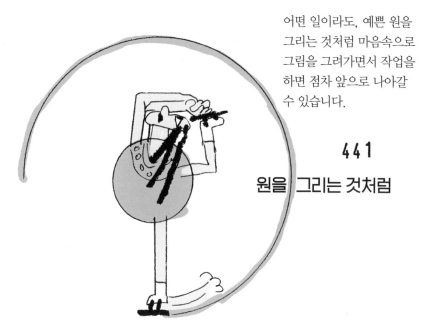

어떤 일이라도, 예쁜 원을 그리는 것처럼 마음속으로 그림을 그려가면서 작업을 하면 점차 앞으로 나아갈 수 있습니다.

441

원을 그리는 것처럼

442

불가능에는 찬스가 있어요

불가능하다고 생각되는 일은 누구도 할려고 하지 않는 일이기 때문에, 많은 기회가 숨겨져 있습니다.

새롭게 궁리를 짜보아요

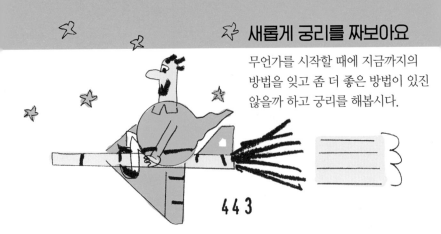

무언가를 시작할 때에 지금까지의
방법을 잊고 좀 더 좋은 방법이 있진
않을까 하고 궁리를 해봅시다.

443

무슨 일이든 낙담하지 않아요

실패나 실수에 하나하나 낙담하면,
기세가 한번에 꺾이고 맙니다.
반성과 대처를 하고 난 후에
시작하는 것이 좋습니다.

444

445 운이 좋다고 믿어요

조금 빨리 도착해요

'조금 빨리' 하자는 규칙을 스스로
마음에 새기면, 중요한 용건이 있다 해도
여유가 생기고, 무엇이든 즐거워집니다.

446

비판은 받아들여요   447

결심은 마음에서 시작되요

그것이 정말로 하고 싶은 일인지 생각해봅니다.
정말로 하고 싶은 일이라면 결심을 합니다.

448 그렇지 않으면 다시 한번 생각해봅니다.

449
본인답게 춤춰봐요

힘을 빼고, 릴랙스하면
어떤 일이라도 잘 할 수
있는 요령이 생깁니다.

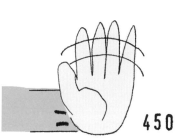
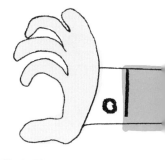

450
다른 사람 손을
뿌리치지 않아요

사람과 사람은 항상 도와가며
살아갑니다.
그렇기 때문에 연결시켜주는
사람의 마음을 소중히 합니다.

451
자기 자신을 잘 알 것

자기 자신을 아는 것으로부터 시작합니다.
항상 본인에 대해서 자신을 객관적으로
바라보는 의식을 가지도록 합니다.

452

다가가는 것

가족이나 파트너의 관계는
무엇이 됐든 간에 항상 상대에게
다가가 자신답게 있을 수 있게
해줍니다.

뭔가를 좋아하게
된다는 것은 매우
매력적인 재능입니다.
좋아할 수 있는 어떤
것을 발견하는 재능도
있습니다.

453

좋아하게 되는 재능을 가져요

454
거짓말을 하지 않아요

455
사실은 침묵하고 있어요

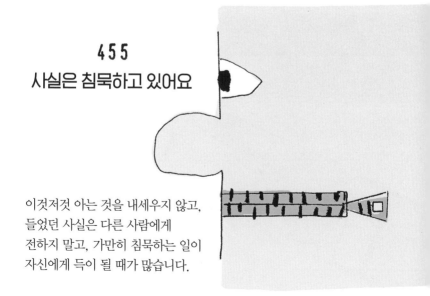

이것저것 아는 것을 내세우지 않고,
들었던 사실은 다른 사람에게
전하지 말고, 가만히 침묵하는 일이
자신에게 득이 될 때가 많습니다.

456

잘 보이려고
하지 않아요

스스로를 상대방에게 잘
보이려고 무리하면, 나중에
반드시 곤란해지는 상황이
생기기 마련입니다.

457

올바른 일을 해요

어떤 일이 올바른지 항상 생각합시다.
그리고 나서 그것이 정말로 올바른 것인지
자문자답해봅니다.

도움을
너무 믿지 않아요

458

곤란할 때나, 힘들 때,
사람의 도움을 기대한 그
순간, 오히려 상황은 더
안 좋아집니다. 혼자서
이겨보려고 버텨봅니다.

459

보살핌은
연마해나가는 것

218

미지의 힘을 믿어요

과학에서는 해명할 수 없는
불가사의한 일이 많이 있습니다.
그런 미지의 힘도 믿어봅니다.

460

461
있는 그대로 즐겨요

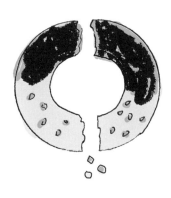

462

나눠 가져요

463

하고 싶은 일보다는
해야만 하는 일을

하고 싶은 일에 치우치지 말고,
해야만 하는 일은 무엇일지
생각하고 그것을 우선으로
하는 습관을 들입시다.

평온함을 마음에 새겨요

464

안심하는 마음으로
힘을 빼고, 차분한
하루하루를 보냅니다.
그런 평온한 생활을
목표로 삼읍시다.

465

힘낸다는 것은 희망을 높이는 것

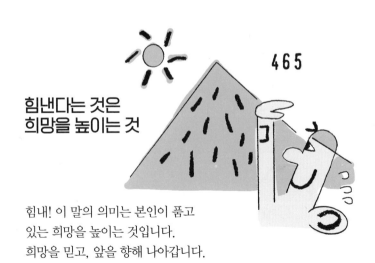

힘내! 이 말의 의미는 본인이 품고
있는 희망을 높이는 것입니다.
희망을 믿고, 앞을 향해 나아갑니다.

실수는 바로바로 인정해요

466

누구든지 실수는 합니다.
그래서 실수는 숨기지
않고 바로 인정하고
반성하는 것이 좋습니다.

흉내내서 배우는 것

467

다른 사람의 좋은 습관을
흉내내는 것은 나쁜 것이 하나도
없습니다. 흉내를 계속하면
머지않아 그 습관은 본인의 것이
될 것입니다.

468

사람을 사랑하는 것은
사람을 살리는 일

사랑한다는 것은 지배하는 것이 아니라,
그 사람이 생기있게 살아갈 수 있도록
복돋아주는 것입니다.

자립과 감사를   469

인생의 목적은 확실히 자립할 수 있는 것입니다. 매일매일 일어나는 모든 일에 감사함을 담아야 합니다.

470

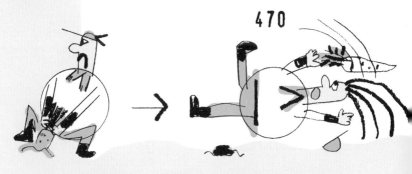

인생에 생활을 같이 넣어요

생활은 공부와 궁리의 연속입니다. 본인의 인생에서 무엇을 배울지, 무엇을 궁리해나갈 것인지를 잘 생각해봅시다.

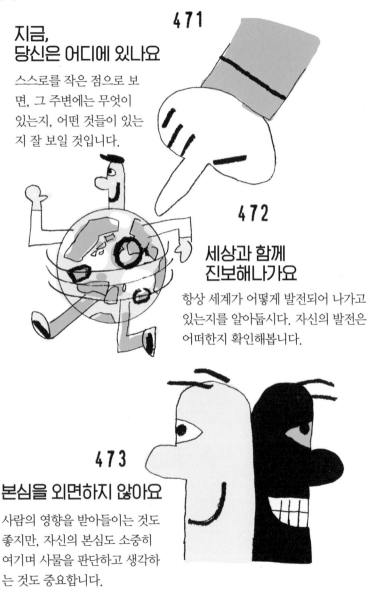

471

지금,
당신은 어디에 있나요

스스로를 작은 점으로 보면, 그 주변에는 무엇이 있는지, 어떤 것들이 있는지 잘 보일 것입니다.

472

세상과 함께
진보해나가요

항상 세계가 어떻게 발전되어 나가고 있는지를 알아둡시다. 자신의 발전은 어떠한지 확인해봅니다.

473

본심을 외면하지 않아요

사람의 영향을 받아들이는 것도 좋지만, 자신의 본심도 소중히 여기며 사물을 판단하고 생각하는 것도 중요합니다.

474
좋은 퀄리티의 대화를 해요

생산적인 대화를 나누기 위해서
는 어떻게 하면 좋을지 생각해봅
니다.

475
자세하게 알게 되기 전까지는
끊임없이 연구해보아요

성공의 최대 비결은 열정을
가지고 알아보는 것입니다.
끊임없이 연구합니다.

심플한 것이 아름답지만, 심플하기 전에
그것의 가치나 퀄리티를 우선으로 삼지 않으면
본래의 아름다움에 도달하지 않습니다.

476

심플한 것부터 우선

**477 자연을 존중하고,
사랑합니다**

478 창문 밖의 풍경을 보아요

고민하거나 피곤할 때는
창문 밖의 풍경을 보세요.
어쩌면 눈여겨 보지 않았던
당연한 풍경이 당신의 마음을
가라앉혀줄 것입니다.

479

심플하게,
좀 더 심플하게,
더욱더 심플하게

심플하게 생각해봅니다. 좀 더
심플하게, 더욱더 심플하게
생각해보면 결국 본질과 핵심만
남게 될 것입니다.

사람을 좋아해보세요

인생을 좀 더 좋게 하는 비결은 간단합니다.
다른 사람을 좋아해보는 것입니다.
새로운 사람을 좋아해봅시다.

480

481
마음의 변화를
즐겁게 맞이해요

마음의 변화가 일어나는 것은
당연한 일이고, 성장해나간다는
증거입니다. 마음의 변화는 기쁜
일입니다.

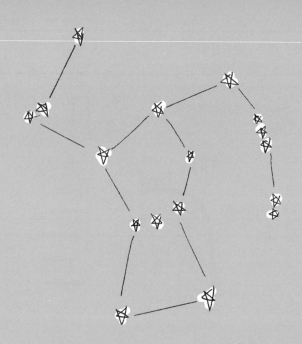

482

밤하늘을 올려다봐요

회의나 모임에 참가할 때에
반드시 자신의 의견을 말할 수
있도록 합니다. 의견을 말하지
않는 것은 참가하지 않았다는
것과 같습니다.

483

**반드시 의견을
내보아요**

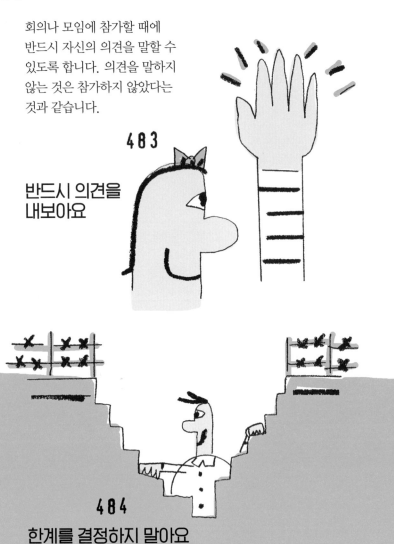

484
한계를 결정하지 말아요

485
고집이 센 것보다는
나긋나긋하게

스스로의 마음 상태를 항상
온유하면서 나긋나긋함을
가진 마음으로 있을 수 있도록
다짐합니다.

486

자신의 약점으로부터
배울 것도 있어요

당신의 약점은 당신에게 있어서
배움의 보물창고임을 압니다.
먼저 당신의 약점이 무엇인지
알아봅니다.

2보 전진하고,
1보 뒤로 물러나 보세요

성장의 리듬, 전진의 리듬, 오로지
직진만 하지 말고 리드미컬하게
한 발짝 뒤로 물러날 줄 아는
마음도 중요합니다.

487

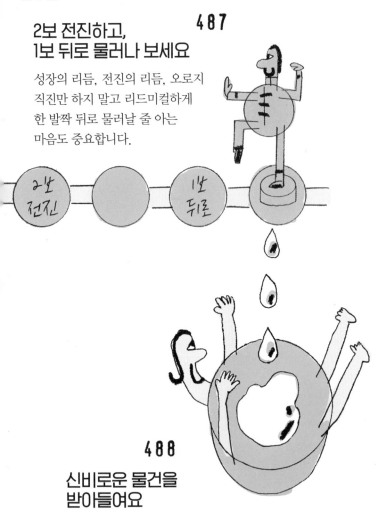

488

신비로운 물건을
받아들여요

489

현재 있어야 하는 모습과 나중에 되고 싶은 모습을 생각해보아요

자신의 문제에 대한 대처방법을 생각하기
전에 현재 있어야 하는 모습은 무엇일지,
어떤 모습이 되고 싶은 건지 명확하게
생각해봅니다.

490

심플함을 강조해요

테마는 심플함입니다.
심플한 것은 어떤 것일지 생각합니다.
심플함의 끝은 무엇일지 알아봅니다.

491

결점을 사랑해요

492

목적, 꿈, 가치를
명확하게

그래서 여기까지 왔다면 다시 한번
더 생각해봅니다.
당신 인생의 목적은 무엇일까요?
꿈은 무엇인지, 그 가치는 무엇인지
생각해봅니다.

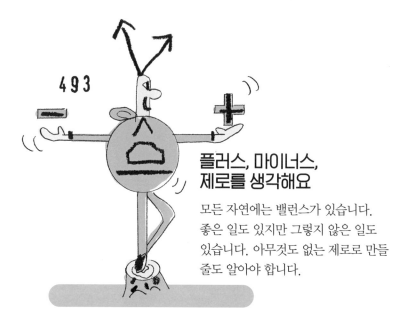

493

플러스, 마이너스, 제로를 생각해요

모든 자연에는 밸런스가 있습니다. 좋은 일도 있지만 그렇지 않은 일도 있습니다. 아무것도 없는 제로로 만들 줄도 알아야 합니다.

494

당신의 달리는 방법을 생각해요

당신은 어떤 방식으로 달리고 있나요?
느긋하게 달리고 있나요? 급하게 달리고 있나요?

요령 피우지 않아요
495

**496 마이너스 입장으로
봐보아요**

좋은 일이 일어나면,
먼저 본인에게 마이너스인
요소는 어떤 것이 있는지
생각해봅니다.
물론 스스로에게 플러스가
되는 요소도 놓치지 말아요.

신중하게

본인을 너무 믿지 말고, 항상 신중함을 가지도록 합니다. 언제든지, 어떤 일이든 일어날 수 있다는 전제를 가지는 것이 좋습니다.

497

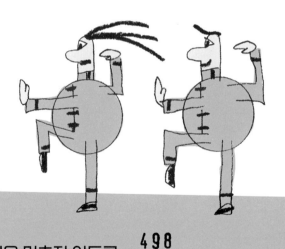

498

움직임을 멈추지 않도록

새로운 것을 준비하고 있을 때는 행동이나 생각 등을 멈추지 않는 것이 좋습니다. 그렇게 흐름을 타 나아가는 것입니다.

499

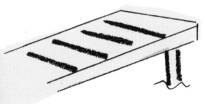

떠나야 하는 때를
놓치지 말아요

예를 들어 회사를 그만둘 때,
사람과 헤어질 때, 모임으로부터
벗어날 때 등 반드시 떠나야 하는
타이밍이 있습니다.

500

결정하는 것은 당신

끊임없이 스스로를 믿습니다.
그러면 결정권은 당신에게 있습니다.
그것이 인생을 살아가는 힘입니다.

하루, 하루가 좋아지는
500가지의 말

초판 인쇄일 2018년 12월 15일
초판 발행일 2018년 12월 25일

글쓴이 마쓰우라 야타로
그린이 와타나베 켄이치
옮긴이 박혜지
발행인 박정모
등록번호 제9-295호
발행처 도서출판 혜지원
주소 (10881) 경기도 파주시 회동길 445-4(문발동 638) 302호
전화 031) 955-9221~5 **팩스** 031) 955-9220
홈페이지 www.hyejiwon.co.kr
블로그 blog.naver.com/hyejiwon9221
페이스북 www.facebook.com/hyejiwon9221

기획 최춘성
진행 박혜지
디자인 전은지
영업마케팅 김남권, 황대일, 서지영
ISBN 978-89-8379-978-4
정가 13,000원

MAINICHI WO YOKUSURU 500 NO KOTOBA
Text copyright © 2017 by Yataro MATSUURA
Illustrations copyright © 2017 by Kenichi WATANABE
Interior design by Hiroco WATANABE
First published in Japan in 2017 by PHP Institute Inc.
Korean translation right arranged with PHP Institute, Inc.
through Danny Hong Agency

이 도서의 국립중앙도서관 출판예정도서목록(CIP)은 서지정보유통지원시스템 홈페이지(http://seoji.nl.go.kr)와
국가자료공동목록시스템(http://www.nl.go.kr/kolisnet)에서 이용하실 수 있습니다.(CIP제어번호: CIP2018039356)